つきあってはいけない

平山夢明

ハルキ・ホラー文庫

角川春樹事務所

つきあってはいけない

当主口上

「なにか怖いことあった?」こう訊《たず》ね歩いて十年を越えた。

当初は『超怖い話』という本を編むためであり、幽霊話や怪異譚《たん》の蒐集《しゅうしゅう》が目的であったので当然そこに登場するのは心霊や妖怪など、いわゆる得体の知れないものたちであった。

そこへいつの頃からか人間が混じるようになってきた。そしてその登場数は徐々に増殖し、ついには犯罪や奇ッ怪な人間に遭遇してえらい目に遭った普通の人達の話として『東京伝説』というシリーズにまでなってしまった。

本作は月刊『POPTEEN』への連載を意図して抽出された実話集である。当然、読者はハイティーンであり、彼女たちの最大の関心事は〈恋愛〉と〈友情〉であろうとそこへ的を絞った。それにはストーカーを始めとして歪《ゆが》んだ恋愛や友情が引き起こす恐怖譚がかなりの数、集まっていたというこちら側の事情もある。恋のゴールが結婚であるとするならば一夫一婦制を敷く我が国では恋愛の99%は必ず悲劇で終わる。様々な恋愛が日々刻々と誕生するのと同様に同じ数だけの恋愛が日々死んでいく……。これはそんな恋の死に様のあれやこれやをメインに編まれた本である。恋愛当初は誰でも相手に対してよそ行きの顔を見せる、相手が受け容れやすいように自分の内面を隠し、相手に合わせていく。これは性別を問わずに行われる。徐々に恋愛期間が進行し、互いの癖や欠点やこだわりが出てくると恋愛は修正期に入る。ここで持続するか断念するかの選択が行われるのである。

スムーズに別れられた人たちはこの本には登場しない。最悪のケースばかりを集めたからである。また本作には恋愛以外にも女性を食い物にしようと接近してくる〈魔〉の存在も含めてある。ある女性は無理矢理に、ある女性は自ら求めてそれらに巻き込まれていく。

「最初はホント、優しくて普通の人に見えたんです」

別れ話の途中で拘禁され、鼻を削《そ》がれそうになった女性は二年つきあった彼についてそう語った。そう……みんなそう言う……普通でした。優しかったと。いつもの彼の顔が別人に変化するのを見た途端、彼女たちは絶句し、嘘《うそ》だと混乱し、そして生きるために戦った。

本作が少しでもあなたの恋愛が間違わない手助けになれば幸甚である……。なお、『POPTEEN』編集長の和田女史、直接担当の豊田女史には遅筆に次ぐ遅筆故に大変な苦労をさせてしまった。この場を借りてお詫《わ》びしたい。また毎回、地獄のようなスケジュールにもかかわらず素晴らしいイラストを提供してくれた金本氏。彼の天才的な画力で私の駄文が幾たびも救われた。深く深く感謝したい。

平山夢明

目次

リモコンデート

『ウッ……つきあってくんない……逢《あ》わなくて良いから……今までみたいに……ウッ』

カナコは五台目の携帯から声が流れてきた時、目の前が真っ暗になった。

バイトをしたのは半年前、既に引っ越しもしたのに……。

声の相手は自分をタカオと名乗った。

カナコは知り合いから割の良いバイトを紹介されタカオと知り合った。

バイトとはお昼から夕方までの四時間、街をウィンドーショッピングして歩くこと。たったそれだけで一日につき一万円くれるという。

「でも、本当はそれだけじゃなくて」

バイト先から渡された携帯に見知らぬ男から電話が掛かってくる。それに従うのである。

「変なことはしないんです。ただ……」

〈ソフトクリームを買って鼻の先についたクリームを舌で舐《な》め取って欲しい〉

〈膝《ひざ》をできるだけ曲げないで落としたハンカチを拾って欲しい〉

〈白いぶかぶかのセーターを着て、ジャンプして欲しい〉

などである。

タカオは陰鬱《いんうつ》な声の持ち主だった。博士になるために大学院で勉強していると言ったが怪しいものだった。客はデート中いつでも携帯で話をしても良い。タカオはいつもカナコを指名してきた。

「どこにいるかわからないんですけど、見張ってるのは確かですよね」

『あ、そこで足を組んで……。そうじゃない、もっと大きく足を回すように……そうそう』

タカオはカナコが思い通りの行動を取ると満足するのかウオッウオッと痙攣《けいれん》するような音をたてた。

「しゃっくりっていうわけじゃないんですけれど……ウッウッみたいな……」

擬似デートのようなものだから……とカナコも適当にタカオが喜びそうな話をし、褒め、そして好みの女の子を演じた。

半年ほどしてバイトを辞めた。

「理由はないんですけれど……ちょっと気持ちが悪くなって」

ある日、バイトの終わり間際、タカオが呟《つぶや》いた。

『カナコちゃん、気をつけて帰ってね。自転車だと濡《ぬ》れるよ』

丁度、雨が降り始めた時だった。

「なんで私が自転車で通ってるのを知ってるのって。私、絶対にプライベートは話さなかったから……」

厭《いや》な感じがした。

カナコがバイトを辞めて三ヶ月ほど経《た》った深夜、部屋で雑誌を読んでいると携帯が鳴った。もちろん、自分の携帯である。

『もしもし……。バイト辞めたの……ウッ』

全身が凍り付いた。

『こ、ウッ。こ、個人でやってよウッ。他の女駄目なんだよ。あそこ。みんな糞《くそ》で……ウッ』

電話を切った。何度もタカオは掛けてきた。電源を切った。

朝までに百件の着信が入っていた。

タカオはしつこかった。バイト先に連絡しようとしたが既に住所も電話番号も変わってしまっていた。紹介してくれた子も今の連絡先はしらないと言った。

着信拒否しても新しい番号で掛けてくる。携帯を買い換えても掛かってきた。

「お客さん、なんか汚れてるよ」

夜、家に帰る途中のコンビニで店員にそう教えられた。

柱の鏡に映すとコートの背中にペンキかマジックで字が書かれているのが判《わか》った。『でろ』と読めた。どこで書かれたのか見当もつかなかった。

タカオは確実に自分のそばを徘徊《はいかい》していた。

警察に相談したが「そんなバイトするからだ」と叱《しか》られ、今の段階では動けないとも言われた。

「もう実家に帰ろうかなとも思ったんだけど……」

四国の実家に帰れば二度と出てこられないと思った。両親は東京でひとり暮らしをするのを今も大反対していた。

ひとりで出歩くのが怖くなった。携帯が鳴ると心臓がドキドキし、汗をかくようになってしまった。

『なあ、もうウッ。俺も我慢の限界だ、ウッ。一度で良いからやろうよ、リモコンデート。ウッ』

「あたし、あんたなんか大っ嫌いだし。好きな人いるから。よくうちにも泊まりに来て、

あんたのことも全部話してあるんだから！」
『……ふふ。ふぇっふえっふぇっ……ウッウッウッウッ……』
電話は切れた。
「これで少しは大人しくなるかも。もっと早くはっきり言えば良かった」
その晩は久しぶりにぐっすり眠れた。
翌日、カナコは鏡の前で悲鳴を上げた。
顔に赤い筋が何本もついていた。
パジャマを捲《まく》ると胸からお腹《なか》にかけて、
『誰もいねえじゃねえか、ばか』と描かれていた。
ベッドの脇には毟《むし》った爪《つめ》が落ちていた。
今、カナコは実家で暮らしている。
つきあってはいけない。

命の次に……

「ねえ、つきあわない」

シンジにそう声をかけられたのは三度目のデートの時だった。エイコは都内の服飾学校に通う二年生。前からシンジのセンスには〈キラッと光る〉ものを感じていたので互いに意識はしていたという。

ふたりは同じ居酒屋のバイトで知り合った。

シンジは小柄な外見に似合わず結構、バリバリ働くタイプだった。

「ほら、店長とかマネージャーの目がないと、たいていはダレるでしょう」

でも、シンジにそういったことはなかった。ただ、だからといって仲間が休んでいるのを見てムカついたりもしなかった。

「俺は好きで働いているから……休みたい奴は休めば良いよ」

そんなカンジも格好良かった。

「俺。将来、店もちたいんだ」

シンジはエイコにそうぽつりといった。

「何の店」

「ペットショップ。は虫類とか昆虫なんか。嫌い?」

「ううん。好きだよ。あんまり気持ち悪いのはだめだけど」

でも、本当はエイコはかなり虫がだめだった。嘘《うそ》をついてしまった。

「つきあうようになって少ししてからシンジの部屋に遊びにいったんですね」

第一印象は〝暑い〟ということだった。

もう十二月だというのにシンジの部屋のなかでは半袖《はんそで》でないと汗がこぼれてしまうほどだった。

「2Kぐらいだったんだけど、イグアナと陸ガメのせいで寒くできないんだって」

シンジの話では寒くなると自動的に冬眠してしまう彼らは、一度冬眠に入ったら春まで起こしちゃいけないという。人間と生活しているのだから極端に寒くはできない、となると途中で冬眠から覚める可能性がある。で、もしそうなると急激な体調変化で寿命がすごく短くなったり、時には死ぬこともあるといった。だから暑いぐらいにしておくんだと……。

「電気代かかりそうって……思った」

ある時、ふたりで旅行へ行くことになり、シンジの部屋で待ち合わせた。彼はまだ戻っていなかったが、鍵は教《おし》えて貰《もら》っていた場所にあったのでなかで待つことにした。

白いケーキ箱ぐらいのものが部屋の真ん中においてあった。

「ああ、またなんか入ってるなあと思ったんですけれど……無視してテレビを見てました」

しばらくすると床に突いた手がむずむずした。動かそうとした瞬間、チクリと痛みがあった。

「えっ！　と思って手を振ると何か壁のほうに飛んだんです」

なに？　何？　何なの？　と固まっていると毛むくじゃらの虫がゆっくりと出てきた。

クモだった。

彼女は悲鳴をあげると部屋を飛び出した。そこへ、シンジがエレベーターを降りてきたのでわけを話した。シンジは部屋のなかにひとりで戻ると、やがて「大丈夫だよ」と手招きした。

「なんなのあれ?!」まだ怖がっている彼女にシンジは「命の次に大事なもの」とこたえた。

幸い刺された傷は大したことがなかった。親指の爪《つめ》のわきが膨らんだ程度だった。

「でも、絶対、あんなの歩き回ってたらいやだからね」エイコはそう怒った。

「ちゃんとフタしたんだけどなぁ」シンジは何度も首をひねった。

傷は旅行から帰ってくると、どんどん変になっていった。

「初めは何か痛痒《いたがゆ》いんですね。だから自分でもしらないうちにグッパーしたり、少しものに押しつけたりしてたかも」

刺された右手親指の爪の下が赤黒くはっきり丸く腫《は》れていた。そしてすぐに熱をもって膨らみはますますひどくなっていった。

「なんか刺されたところ変なんだけど……医者行ったほうがいいかなぁ」

「バカ、絶対いくな。行ったら承知しないぞ」

「どうして？　エイコの指、こんなに腫れちゃったんだよ」

「俺がなんとかするから」

「あの虫のせいだよ。絶対……」

エイコの指は一週間もたたないうちに大きく膨らみ、変色してしまった。

医者に行くというエイコをシンジは絶対に行かせようとはしなかった。良い薬をペットショップの人に貰ってくるからと何度もくりかえした。

それでも我慢の限界がきた。エイコはシンジに自分で巻いた包帯を外してどんなに酷《ひど》いかみてもらい〈明日、医者に行くから〉と宣言するつもりで部屋に行った。

「シンちゃん。もう限界だから……明日行くから」

「えーっ！　マジかよ。ヤベえなぁ」と言いながらもシンジは大してショックを受けていないように見えた。それに「あと二日ぐらいなのに……」とつぶやいたのをエイコは耳にした。とにかくエイコは包帯をとった。

「すごい涙が出そうになった。どす黒く腫れちゃって、これが自分の指かって」

泣いているエイコにシンジは薬があるからと言って用意を始めた。

ティッシュとコットン、それに包帯とピンセットをもってきた。

「どうするの」

「薬ぬるんだよ」

シンジは霧吹きのようなものでエイコの指に液体をかけた。〈ビシッ〉とした痛みが一瞬だけ走った。爪が口を開けていた。

「絶対、信じられなかった……。だって爪があがって取れちゃったんだモン」

死んだ爪をシンジがピンセットで剝《は》がすと下の肉に小さな穴がタテヨコにいっぱい並んでいるのがみえた。シンジがまた霧吹きで液体をかけると……穴が動いた。しばらくするとひとつひとつの小さな穴からカニの子供のような白い虫がモゾモゾはいだしてきた。

エイコは金切り声をあげ、手を振り回した。

「ま、まってまって。これ売れるんだよ！　エイコ！　聞け！　とにかく聞け！　これ売れるんだよ。すごい珍しいんだ！　ゼッメッシュ！　絶滅種」

シンジはエイコを捕まえようとした。エイコは半狂乱になって逃げ回った。

「あのクモ、すごい珍しいクモなんだ！　こんなに子供がかえったら、すごい高く売れるよ。生きてれば一匹三千円で買うってショップのオヤジも言ってる。な、取ろうよ……取ろうよ」

エイコはシンジの股間《こかん》を蹴《け》り上げるとその足で救急病院に行き、処置して貰った。

つきあってはいけない。

行きだおれ

〈ちょっとつきあって貰《もら》えますか？〉

ハルが突然、声をかけられたのは自宅への帰り道。あと数十メートルのところだった。

「その頃は、まだバリバリのコギャルだったのね。夏休みだったんでバイト仲間とカラオケ行って……何時ぐらいだったんだろう……十二時とか一時とかかもしんない」

その男は黒いバンの脇に立っていて携帯に向かっていろいろ話していた。

「え？　違います。事故じゃありません。ええ、倒れていたんです」

話しているのは、はたちソコソコ。クラブのＤＪ風の若い奴だった。

「最初、声かけられたとき〈え？　ナニ〉って感じだったんだけど……よくみたら人が転がってンの」

道の脇に停《と》められたバンの脇に女が俯《うつぶ》せに倒れていた。長い髪が道に広がっていた。

男は携帯で話しながら、ハルに向かってお願いするように〈ちょっと待ってて〉と声をかけた。

「はい。ハイッ？　だから事故じゃないんです。僕が車で通りかかったら女の人が道に倒れていたんです！　は？」

男はケータイを見つめた。

「信じらんネー。切れやがった」

「どうしたんですか？」ハルは聞いた。

「わかんないんだけど……俺、家に帰ろうと思ってここ通ったら、この人、倒れてたんだ」

ふたりは街灯と街灯のあいだの暗がりに倒れたままの女に目をやった。

「死ンでんの？」

「ううん。生きてた」

ハルは女のそばにしゃがみ込んだ。でも直接、顔を見るのは怖かった。

「救急車くるの？」

「何かいま、すっげえ混んでるから近くまで運んでくれないかって。それか待っててくれって……。バックレたら番号調べてくんかなぁ……。ああ、バックレてえ」

男はそう言ってハル同様にしゃがみ込んだ。

「おねーさん、見ててよ」

「やだよ。帰んなきゃいけないもん」

「じゃ、この人バンに積むの付き合ってよ。俺一人じゃ、何かラチってるみたいじゃん」

男は笑うと立ち上がった。

「ブッチャケ、ぶつけたんじゃないの。オニーサン」

「そんなら絶対、バックレてるよ」

男はバンの横腹を開けると椅子《いす》を倒してスペースを造り、女のバッグを入れた。

「じゃあ、行こっか」

男が女の上半身を持ち、ハルは足を持った。

「それが重いの……。そんなデブには見えなかったんだけど……」

「先、行って」

男の言葉にハルは重い両足を持ってバンの中に入った。

「奥行って……まだ入んない」

ハルは座席の奥に進んだ。

「まだ行ける?」

「もうムリ。一番、奥だもん」

「あ、そう」

男は女の体をバンのなかに完全に押し込むとドアを閉めた。

〈アレ? と思った〉

男はそのまま運転席に駆け込むとエンジンをかけた。

「チョット! ワタシ、行かないよ」

「え〜。良いじゃん。俺一人だとヤバいよ。痴漢だと思われたら証明できないじゃん」

車が動き出した。

「その時、変だけど何か焦げるような〈ヤバイ感じ〉がしたのね。絶対、降りなきゃヤバイって」

ハルは叫んだ。

「ねえ、マジ降ろしてよ!」

男は無視していた。高速のランプに向かって車が曲がった。

その瞬間、気絶している女の顔がみえた。男だった。女装していた。

ハルは腰から力がクタクタと抜けるのを感じた。

〈ヤバい、絶対、ヤバい……どうしようどうしよう〉

かなり凄《すご》いスピードを出していたバンが急に減速した。

信号が変わり、バンの前にタクシーが停まっていた。

ハルがバンのロックに手を伸ばそうとした瞬間、オカマが目を開け、ハルを両足で挟んだ。「逃げらんないよ〜ん」口紅のズレた男が黄色い歯を見せて笑った。

ハルは悲鳴をあげながら、そいつの顔を掻《か》きむしった。何か柔らかいもののなかに指が入ったが構わず、突っ込み、かきまぜた。

ものすごい唸《うな》り声と悲鳴があがり、両足から力が抜けた。

ハルはドアを開けると飛び出した。

クラクションと共に鼻すれすれを別の車が走り抜けた。

ハルは走った。厚底ブーツではうまく走れなかった。何度も後ろから髪を摑《つか》まれる気がした。手にしたバッグを後ろに向けて振り回した。怖かった。振り返らなかった。自分が喚《わめ》きながら走っているのにも気づかなかった。

「結局、追ってこなかったんで……家に帰れたんですけど」

ひとつ気持ち悪いことがあったという。ドアノブを握ろうとしたらネイルに薄い膜がからまっていた。目玉の皮だった。ハルは〈ヒッ〉と呻《うめ》くと手を振ってそれを捨てた。

今は平穏だがそれからたった一度だけ、心臓が止まるようなことがあった。

「駅のロータリーにあいつらがいたんです。ワタシ最初、バス待ってたんですけど気づかなくって。ジッとワタシの顔を見てたけどあっちも気づかなかった。でも死ぬかと思った。良かった。あの事件の次の日からコギャルじゃなくしてて……」

その黒いバンの助手席には片目に眼帯をした優男が乗っていたという。

やっぱり、つきあってはいけない。

伝票

「留守宅用の伝票ってあるじゃない」

恵子は先日、アパートに帰るとドアに挟まっている黄色い紙を見つけた。見ると化粧品会社からの無料サンプルが送られてきていた。

「もう何回か届けに来た履歴があったのね。全然、見覚え無いんですけど」

伝票には〈昨日も一昨日も来た〉ようにある。

そして今日中に連絡しないと駄目だと書かれていた。

「ネットとかで色々サンプル応募してたから、そのひとつだろうと思ったんですけど」

彼女はセンターではなく、ドライバーの携帯に直接電話した。

「だってセンターの電話ってめんどくさいんだもん。いちいち何か応答メッセージがたらたらたらたら流れて番号押して行くでしょう。それに比べればドライバーさんのほうが話がずっと早いもの」

ドライバーはすぐに応答した。

〈いまからですと仕事終了後に寄らせて頂くようになりますけれども〉

「良いですよ。まだ起きてますから……」

それから一時間ほどするとチャイムが鳴った。

「はい」

『夜分、おそれ入ります』

ドアスコープを覗《のぞ》くと荷物を持った男が立っていた。

「はい?」

「仕事帰りなもので……私服で済みません」

彼女がドアを開けると男は会社の名を言いながら荷物を見せた。

「ふたつあるんです」

「ふたつも?」

ひとつは手で持てるサイズだったが、もうひとつは胸の高さまであった。

「これ、結構、重いですよ。どこに置きますか」

男はよいしょと力を込めて荷物を持ち上げた。

「ああ、じゃあこっちのほうへ」

彼女は台所の奥を指した。

「じゃあ、これにサインお願いします」

彼女が男の出した伝票にサインをし終えると男は靴を履いた。

「あ、そうだ。二個口だから。こっちにもサインを……」

男はそういうと胸ポケットから丁寧に畳まれた、もうひとつの白い紙を出した。

『騒ぐと殺す』と大きく書かれていた。

彼女が顔を上げるのと男がドアの鍵《かぎ》を掛けるのと同時だった。

土足で男が上がってきた。

「すぐ済みま〜す。早漏でぇす」

男が手にしたナイフを取り出し、笑った。

声が出なかった。

ただその時、メールが着信した。

彼女の着メロは男が大きな声で『ウリャア!! メールじゃあ!!』と絶叫するものだった。

一瞬、男が隙《すき》を見せた。

彼女はテーブルにあったサボテンの鉢を男の顔面に思い切りぶつけた。

ギャッ！　と悲鳴を上げながら男はナイフを彼女に向かって突き出してきた。

とっさにそれを避けた彼女は隣の部屋に駆け込み、本棚を倒して男の行く手を塞ぐと窓から下に飛び降りた。

「二階だったから飛べたんですよね」

伝票は大手宅配会社のものを自分でカラーコピーしたものだということが警察の調べで判明したという。

男はまだ捕まっていない。

狂気的な彼女

「つきあってって必ず言われるんですよ。一緒に考えて欲しいって……」

当時、杉山君が同棲《どうせい》していた彼女はデビューしたての漫画家。

「本名はユマっていうんです」

ユマは見た目も細いが芯《しん》も細くて実にナイーブな人だった。

「原稿の締め切りっていうんですか、そういうのが近づいてくるといつも情緒不安定が始まって……」

巧《うま》いネームや物語ができないと彼女の精神はきりもみ急降下を始めるのだという。

「そうなるとうちは戦場になってしまうんです」

ユマは分担するはずの家事は一切しなくなり、さらには食事も睡眠もとらなくなってしまうのだという。

「僕だけが食べるわけにもいかないんです」

いらないというのでひとりで食べているとジッと目の前に座って凝視してくるのだという。そしてひと言「いいわねぇ……」と地の底から響くような声で呟《つぶや》くのだという。

「それに眠るのも厳禁なんです」

ユマは寝てもいいけど、幸せそうに寝ないでと言う。

「だって寝てからなんかわかんないよ」

「わかれよ！」

ユマは目の玉が外れるほど大きく目を見開いてそう叫ぶ。

ある日、帰宅すると部屋の電気が真っ暗だった。

追い込みなのに珍しいなと思い中に入るとテレビの前に奇妙なものがいた。

赤いセーターを着て正座しているのはユマのはずだが、頭にマルイの紙袋を被《かぶ》っていた。

「なにやってんの」

「馬鹿野郎！　交信してんにきまってんじゃねえか！　アイディアの神様と……」

あまりの剣幕にそのまま放《ほう》っておくと今度は泣き始め、畳を掻《か》き毟《むし》り始めた。

「ああああ〜あああ〜ああああ〜にくいにくいにくい……この頭が憎い！」

驚いて後じさった足に激痛が走った。敷きっぱなしになっている蒲団《ふとん》のなかに画鋲《がびょう》が撒《ま》いてあったという。

「今日は、いやこれからはアイディアが出るまで、ふたりとも寝れないよ。あんたが寝ると〈気〉がこっちにまで流れてきて、緊張感が無くなっちまうんだ。そして後は出ない出ないアイディアが出ない砂漠だ!!」

「そんな無茶苦茶だよ!」

「みんなそうやってるんだ! 一流はみんなそうやってやるんだよ」

杉山君はあまりの彼女の姿に痛々しさを感じ、ここはひとつ男の度量で錯乱から目を覚まさせてやろうと。

「大丈夫だよ。たかが漫画だろう。メシ喰《く》って風呂《ふろ》入ってよく寝ればパッパッパのチョイチョイチョイでできちまうもんだよ」

ユマはハッとしたように彼を見上げると台所に行き、包丁を持ち出してきた。

「きぃさぁまぁぁ!!」額に血管がグンッと浮いたユマの顔は正に般若《はんにゃ》のようだったという。

杉山君はそれ以来、下宿に帰らず五年が過ぎた。

現在、ユマとは週刊誌の一読者として紙面を通して逢《あ》うだけだという。

つきあってはいけない。

ひき逃げ

〈俺達、つきあわない？〉

トモキが目を合わせて呟《つぶや》いた。

「あたし、ちょっとワルっぽい男に弱いのね」

井上さんは恥ずかしそうに笑った。

トモキと出会ったのは高校卒業後、一人暮らしを始め、しばらく経《た》った頃。

渋谷のクラブでだった。

〈ちょっと浮いてる〉ところが目立ったのだという。

「すごい踊ってるわけでもないんだけど、退屈もしていないっていう」

クラブに来ている人間をただ遠くから眺めているような感じだった。
二、三度、顔を合わせるようになり〈コンニチハ〉から始まって外で会うようになった。
つきあうようになったのだ。

トモキは長身で体格もガッチリしていた。

井上さんは初めの頃、トモキに夢中になっていた。

「でも、だんだん。これはヤバイかなって」

トモキは超がつく〈ヤキモチ焼き〉だった。街を歩いていて井上さんが別の男に視線を振ったというだけで機嫌が悪くなった。

「おまえ、フザケンナヨ」が口癖で頭を軽く叩《たた》かれることから始まって、少しずつ力が入るようになっていった。井上さんは父親が体罰をする人だったこともあって、殴られるのに我慢できなかった。

「マジで止《や》めてってたのんでも、おまえがやんなきゃいいんだよの一点張りなのね。それでも人前だと恥ずかしいから絶対にやめて欲しいってたのんだの、そしたら……」

トモキは脇腹や腕の内側をつねるようになった。

井上さんはこの頃からバイト先の友達に相談するようになった。

「そしたらみんな〈ヤバイよお。うまく別れないと血の雨ふるよ〜〉って」

脅かされたという。井上さんは少しずつ距離をおく作戦に出た。携帯は毎日しない。メールも二件に一回か三件に一回ぐらいにする。逢《あ》うのも週三から週二に落とす。

トモキはたちまちイラッキ始めた。

「おまえ、他に好きな奴できたんじゃねえか」逢う度にトモキは口癖のように言った。

井上さんは全然、そんなことはないとキッパリ伝え、将来のために資格を取りたいから色々と調べものが増えたと言い訳した。

「おまえには絶対、俺が必要だからな。おまえみたいにトロい女は俺がいなくちゃ絶対に駄目なんだ」

トモキは最後はいつもこう言った。

井上さんは自分は何をやってるんだろうと思うようになった。

そんな時、決定的なことがあったという。

トモキに別の女がいたのだ。

「偶然、よそのクラブで友達が見つけたらしいんだけど、すごいラブラブだったって。膝《ひざ》の上に乗っけちゃうみたいな感じで……。その子には気持ち話していたから〈ヨカッタじゃん〉とか言われちゃって」

暗くてさすがに写メールまでは撮れなかったが、トモキとその女がかなり深い付き合いなのは判《わか》った。井上さんはフタマタされていたのだ。

バレたと判るとトモキは泣いた。あの時、偶然会った女で名前も知らないし、あそこで別れたと井上さんに謝った。路上で土下座までした。表参道、回転寿司屋の前だった。

「やめなよって言ったら〈許してくれたら〉なんていうから」

そのまま帰ってきたという。トモキが背後でフザケンナヨ！　と叫ぶ声が聞こえた。

「それからしばらくメールとか留守録にメッセージがあったけど」

連絡はしなかった。何度か深夜にマンションのチャイムが鳴ったが動かなかった。

十日ほどして〈ヤリナオソウゼ\(^3^)〉というメールが入った。

〈ムリ〉

〈ゼッタイカ〉

〈ムリ、ゼッタイ、ムリ〉

〈マジカヨ！　シンジランネー！(ToT)〉

〈ゴメンナサイ〉

〈ジャ、元気でな〉

〈今までありがとう〉最後のメールを打ったとき、正直ホッとしたという。

季節が春になる頃、専門学校に入り直すことにしていた井上さんは忙しい日々を送っていた。深夜、そろそろ眠ろうとしているとチャイムが鳴った。トモキだった。

〈どうしたの？〉ドア越しにたずねた。

〈悪いな……電話貸してくれない？　車にひき逃げされちゃった〉

驚いた彼女がスコープから見るとトモキの服は廊下の電灯の下で赤黒く濡《ぬ》れて見えた。

〈え？　何？　どうしたのよ？〉

あまりのことに彼女はドアを開けるとトモキを玄関に引き入れた。彼はそのまま玄関に倒れ込むようにしてうずくまってしまった。白いジャケットが血で汚れている。

「とにかくすごい怪我《けが》で、びっくりしちゃって」

トモキは井上さんに〈ごめんな……ごめんな〉と繰り返すばかりだった。彼は井上さんが差し出した携帯で警察に連絡をした。井上さんはタオルを集めるとユニットバスからお湯をくみ、それを玄関に運んだ。トモキが携帯をそばに落としたまま目をつぶっている。

「寝ちゃ駄目よ！」井上さんはトモキを叩いた。トモキは少し目を開けると微笑《ほほえ》んだ。

血はジャケットの胸と腰、両腕に集中していた。井上さんは出血箇所にタオルを当てようとトモキの体に触れた。

傷はなかった。

「マジで腰が抜けちゃった。だって、ぜんぶ他人の血ってことでしょう」

トモキは薄目を開けて自分の顔を見ていた。井上さんは〈どうしよう……どうしよう〉と呟くと慌てているふりをしながら立ち上がった。ジャケットの裏地から三角形の金属が小さく突きだしているのが目に入った。ナイフか包丁の先に見えた。

自分の手にもパジャマにもべっとりと他人の血が黒くついていた。いま、自分が大変な状況にいるという実感は全然なかった。ただトモキになんか刺されたくなかった。

痛いのはいやだった。

「全然、腰に力がはいらなくって足が綿菓子になったみたいにフワフワしてた」

彼女は〈包帯……包帯〉と言いながらワンルームである部屋の奥へと急いだ。トモキを見て見ぬふりをしながら探すふりを続けた。

すると不意にトモキが顔を上げ、立ち上がった。彼はポケットに手を突っ込み、なかを探っていた。

彼女はとっさに窓へ走り、ロックを外すとベランダへ飛び出した。

その瞬間、真後ろに迫ったトモキが髪に手を伸ばすのが姿見に見えた。

「いまでもどうやったのか判らないんですけれど」

彼女は避難用の簡易ボードを乗り越えると隣室に行き、なかに駆け込んだ。顔見知りの若夫婦であったのとサッシにロックがされていなかったのが幸いした。ただならぬ様子にご主人は即座にサッシの前でバットを持って待機し、妻は警察へと通報した。

トモキは追ってはこなかった。

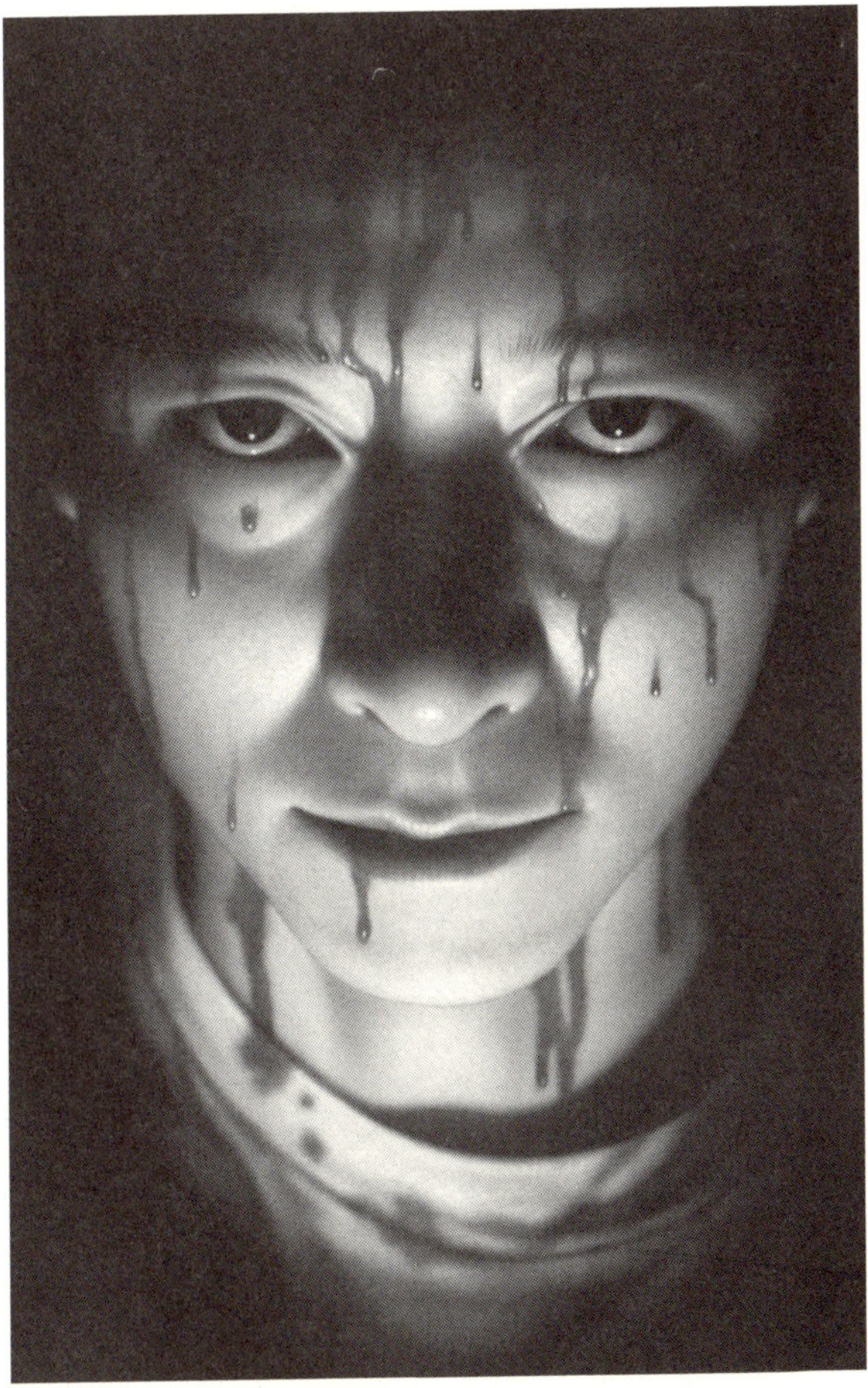

後から警察の調べで、トモキはその時、付き合っていたカノジョが浮気したと錯覚して刺した後、井上さんのところにやってきたということが判った。彼は井上さんに会いたかっただけで刺す気はなかったと主張したが、ポケットからは心中を匂《にお》わす遺書めいたメモが見つかっていた。

井上さんはマンションを引き払い、今では実家から専門学校に通っている。

つきあってはいけない。

オーディション

「だって私、関係ないんだもん」

チエコがそのオーディション会場に足を踏み入れたのは友達の付き添いだった。

面接が終わってエレベーターに乗り込むとひとりのオッサンが駆け込んできた。

「キミ、良い感じだね。モデルとか歌とか興味ない?」

そのデップリと太ったオッサンは卑猥《ひわい》な目を彼女に向けた。

「全然、ありません」

「おしいなぁ。良い感じなのに。名刺だけでも受け取ってよ」

翌日、オッサンから電話があった。

「誰に聞いたんですか?」

「え? ああ、友達。教えてくれたよ。だってこっちも真剣だからね」

結局、話だけということで渋谷の喫茶店で待ち合わせることにしたという。

「私は全然、興味なかったから。話だけ聞けば相手の気が済むだろうなと思って」

相手は大手芸能プロのスカウトマンだと自己紹介し、あれやこれや番組の名前をあげ、雑誌などに載っているタレントも自分が発掘し育て上げたと宣伝した。

「でも、興味ないんで」

男はしつこかった。

百年にひとりの才能だとまくし立て、結局、根負けした彼女が実家の両親に話してくれといって立ち上がるまでに四時間が過ぎていた。

オッサンは両親の前でも同じような演説をしてみせた。

「父親なんか〈あいつの話は嘘臭《うそくさ》い〉なんて呆《あき》れちゃってたんだけど。母親がなんか聞き入っちゃっててね……」

男はそれから彼女の周囲に出没するようになった。

「友達と居酒屋とか行くじゃない。そうすると居るのよ。映画館とかもそう。ゲームセンターとか。ストーカーっぽいんだけど」

男にこれはストーカーじゃないんですかと言うと、いや、これはビジネスで動いているのだからそういうわけじゃないと言われたという。

「強く言うと〈だったら逆にどんなに才能がないか見せて自分を納得させろ〉なんていう

んです」

男は彼女のマンションのポストにまでオーディションの案内を入れていくようになったという。

「一度、名刺の番号に電話したんですね。上司の人に断ろうと思って」

するといつも出るのはあの男だったという。

ある日、父親から電話がかかってきた。

「おまえ、あの男は駄目だ。偽物だ」

父親は知り合いのつてをたどって、付き添いで行ったオーディションの関係者から話を聞いてきたのだという。

「あれはプロデューサーでもなんでもない。見学に来てたAV会社の事務員らしい」

父親は別のルートで男に二度と近づかないように叱《しか》っておいて貰《もら》うようにしたからと彼女に告げた。

「それから電話とか無くなったんで、良かったなと思って」

ある夜、部屋に戻ると人がいた。

壁際にもたれかかるようにして座ったそれは、あのオッサンだった。

顎《あご》の下から胸にかけて赤黒い液体が広がっており、右手には床屋で使うような剃刀《かみそり》が握られていた。

男は電気の紐《ひも》を握ったまま凍り付いている彼女を睨《にら》み付けるかのように上目遣いのまま、ぴくりとも動かなかった。

血は既に固まりかけているようだった。

「声なんかでなかった……無表情のまま見ている物体が怖くて怖くて」

こんな部屋にはいられない……。

彼女は玄関に向かった。

その瞬間、唸《うな》り声と共に背後から羽交《はが》い締《じ》めにされた。

オッサンだった。

汗と酸っぱい口の臭《にお》いが顔に降りかかってきた。

「待ってたんだ……。すごいだろ? 俺の演技。昔は死体のマツモトって言われてたんだ」

彼女はそのまま寝室に引きずり込まれた。

「殺すぞ」

叫ぼうとすると首に剃刀が押しつけられた。

「どうすれば良いんですか」

「俺とファックすれば諦《あきら》めてやる。俺とファックするような女はスターにはなれないから」

男はシャツのボタンを引きちぎると毛だらけの胸をはだけた。それは女のように脂肪でたるんでいた。

「私、毛深い男は絶対に駄目なんです」

それを見た途端、彼女のなかの何かが切れ、とっさに側にあった鉛筆を摑《つか》むと、そのぶよぶよした胸に思い切り突き立てた。

男は転落していくような長い悲鳴を上げると身を屈《かが》めた。

その顔面に膝《ひざ》を思い切り叩《たた》き込むと前に倒れたという。

彼女は部屋を出ると近くにある交番へと駆け込んだ。

「部屋には居なかったんだけど、次の日、捕まったのね。まだ演技の練習をしていたとかなんとか言ってたらしいけど」

もうオーディションの付き添いはしないとチエコは言った。

つきそってもいけない。

カラオケホイホイ

「ヨコハマッキアッテクダサイ」

ベイサイドのクラブで出会った外人カップルはそう明美を誘ってきたのだという。

「普通だったら行かないんだけどカップルだから……」

明美はその晩、友だちが早々に彼を見つけて帰ってしまったのでひとりで憂さ晴らしに飲んで踊っていた。

「七時ぐらいからだから、もう六、七時間いたと思う」

足下もふらふらしてきたところで彼らは声をかけてきた。

話を聞くと店を教えてくれれば奢《おご》ってくれるという。明日帰国するので日本円は要らないというのだ。

「余ったらくれるなんて言われて」

相手は万札の詰まった財布を見せたという。

明美は知り合いのショットバーへふたりを連れて行き、また飲んだ。

「飲むと唄《うた》いたくなるのよ。それにそのふたり凄《すご》くリズムがよくて……」

テーブルでも音楽の話題で盛り上がったのだという。

「カラオケシッテマス！　サイコウカラオケ。ガイコクノウタモゼンブアル」

彼らはお礼に自分たちの仲間がやっているカラオケ店に行こうと言った。

「お金はないってことを散々教えておいたからね」

明美はタクシーに乗ると埠《ふ》頭《とう》脇のカラオケ店にやってきた。

「結構、人気《ひとけ》のないへんぴなところでね。広場にいくつもコンテナがあってなかに設備があるの。地方とか行くとよくあるタイプだよね」

三人はなかで盛り上がって唄いまくった。

ふたりは明美の唄をべた褒《ぼ》めしてくれた。気分がよかった。

突然、物凄《ものすご》く眠くなった。

我慢しきれなくなった明美は手拍子も辛くなり、ソファーに横になった。

ふたりはヒャーヒャー歓声を上げながら、唄いまくっていた。

そのまま暫《しばら》く眠ったのではないかと明美は言う。

ゴクンッと体が大きく揺れた。

気が付くと部屋のなかには自分しかいなかった。頭が重く足取りがふらふらする。その時、自分の使っていたグラスのなかに白っぽい粉が溜《た》まっていたのを憶《おぼ》えている。

「何かその瞬間にヤバいってカンジがしたのね」

明美が部屋のドアを開けるとそこにはもう一枚鉄の扉があった。

コンテナの鉄扉だった。

「げっ！　これなに！ってカンジでもう必死になって引っかき回していじっていたら……」

運良く扉が開いたのだという。

外に顔を出すとひんやりとした空気の中照明が遠くに見えた。

波の音が激しくなっていた。

明美は足下に延びた暗い床をダッシュするとその端で思いっきりジャンプした。

ジャンプした瞬間、男の怒号が背中に聞こえた。

届かない！　と思ったがかろうじて岸壁の端に転がり込むことができた。

振り返ると自分がいたコンテナを積んだ船がゆっくりと暗い海へ航行していったという。

船にはいくつものコンテナが積まれていた。

「ほんとにギリギリで目が覚めたんだと思う。どこへ連れて行かれてたんだろう……」

明美は溜息《ためいき》をついた。
つきあってはいけない。

最終デート

〈ちょっとつきあってくれないか〉

マサキから電話があったのはふたりが別れてから丁度、ひと月が経《た》とうという頃だった。

「ほんとは少し忘れかけてた時期だったんで、逢《あ》わない方がいいかなって思ったんですけれど……」

〈このままじゃおまえを忘れられない。自分自身のケジメをつけたい〉と彼は言った。

葛西《かさい》さんが〈うん〉と応《こた》えると彼はホッとしたように〈ありがとう〉と電話を切った。

「結構、思い詰めるタイプなんで。そのまま放《ほう》っておくこともできなかったんです」

彼のいうケジメというのは最後にふたりの想《おも》い出の場所をバイクで回ろうというものだった。

その夜、彼女は待ち合わせの駅で彼のバイクに乗った。

「初めはふたりで夏になるとよく行った海岸に行きました」

　夜の海は暗く、春とはいえ風が強くなると寒くてしかたなかった。

　彼は真っ暗な闇《やみ》の奥を見つめながら動かなかった。

「ねえ、もう帰ろ……」彼女が何度か繰り返すと、やっと彼は歩き始めた。

　ふたりを乗せたバイクは帰りにいつも寄っていたファミレスに入った。

「あまり話すこともなくて……」

　彼の態度からは〈やりなおしたい〉という雰囲気が溢《あふ》れていた。しかし、葛西さんにその気はなかった。それより、いつまでも自分のことで彼に立ち止まっていて欲しくなかった。自分同様に次のステップを進んで欲しかった。

「だから困っちゃって。変に明るく笑ったりもできないし。にこにこして盛り上がったりしたら、彼は〈やりなおせる〉って思うだろうし……」

　彼は並んで歩くとき何度か彼女の手に触れようとしたという。しかし、葛西さんは手をつなぐことはしなかったという。

　ふたりは公園へ向かった。そこも想い出の場所だった。

「俺たち……やりなおせないかなぁ」ベンチで彼は呟《つぶや》いた。

〈来た！〉と思った。彼女は前を向いたまま〈ムリだと思う〉と呟いた。

彼はしきりに他に好きな人ができたのかを聞きたがったが、彼女はそうじゃないと繰り返した。

「少しひとりで考える時間が欲しいだけ……」

「そっか、バイク取ってくるからここで待ってて」彼は彼女を残すと道を戻っていった。

深夜の公園に人影はなかった。

彼女は月明かりが照らす道をぼんやりと眺めていた。

「おそいな……」バイクは入口から少し離れたところに停《と》めたはずだった。

もう三十分近く経っていた。

なんだろう……、彼女がベンチから立ち上がった時、入口にバイクのライトが見えた。

彼がこっちに来るように手を振っていた。

「ごめん、ちょっと調子が悪くて……」ハーフキャップのヘルメットが揺れた。

一瞬、彼は顔を背けたのだが、頬《ほお》が光っていた。泣いているようにみえた。

葛西さんは〈大丈夫〉とは言わなかった。弱いところをみせたら駄目だ。今日は別れるために逢ってるんだと心に刻んだ。

ふたりを乗せたバイクは公園の入口を離れるとコンテナが並ぶ倉庫街に入った。

「どこいくの」

不審に思った彼女が訊《たず》ねると突然、バイクが物凄《ものすご》いスピードを出し始めた。

「ねえ！　危ないよぉ！」

コンテナの間を一直線に駆け抜けるバイクから振り落とされまいとしがみついた瞬間。

〈おまえは俺のもっ……！〉

と彼が絶叫し、葛西さんはガブンという音を聞いた瞬間、頭を打ち付けられ空中に放り出された。

「憶《おぼ》えているのはバイクに乗った彼の背中……。あ、行っちゃった。捨てられたんだって思ってました」

彼女は病院のベッドで意識を取り戻した。

傍らにいた母親が、物音を聞きつけてやってきた作業員にふたりは発見されたと伝えた。

「マサキくんは……」彼女が聞くと母親は〈亡くなったのよ〉とだけ告げた。

彼のバイクは倒れていなかったのに……自分だけ振り落とされたのに……。

深夜になって彼女はふたりを知る友達に電話をかけた。友達は彼女が何も知らないのに驚いていた。

「彼はコンテナとコンテナの間にピアノ線みたいなものを張っていたそうなんです。私は怖くてとっさにしがみついたから偶然、ヘルメットの上の部分を削いだだけですみましたけど……」

　いまでも彼女は暗い夜道でバイクの音がすると振り返ることができない。倒れる瞬間、自分が見たマサキの後ろ姿には確かに首がなかったと思い出してしまったから……。

　つきあってはいけない。

もし俺が死んだら……

〈俺たちつきあわない……？〉

トモジから告白された時、はっきり言ってアケミはそれほど乗り気ではなかった。

「でも結局、私の悪い癖なんだけど……まぁ、いいかって」

トモジはコンビニのバイトの先輩だった。

アニメか何かの専門学校に通っているという話だった。

「すっごいイイ感じの人はあんまり現れてくれなくって。なんか誰もいなくなると……あぁ、みんないなくなっちゃった。なんかつまんないなぁ……って」

そういう時に告白されるとアケミは弱い。

「七十点でなくても、つきあっていくうちに良いとこが見えてくるかもしれないって……。それでドンドン、ボーダーライン下がってくんですよね」

トモジは最高にユルークみつもって四十点の男だった。

でも、デートに行く約束をしてしまったのだという。

「最初は遊園地。お台場とかで観覧車乗って……」

トモジは小太りの体にTシャツを貼《は》り付かせ登場した。

かなり引いたが、相手にはわからないようだった。

初日で結構、ダメージを喰《く》らった。


「だって全然、ガキなんだもん」


「うちは新潟で酒作ってるから結婚したらお酒は飲み放題だよ」

トモジは実家が裕福であること、そこの御曹司であることが自慢のようだった。

アケミは自分で生きる力を感じさせない男はキライだった。

実家自慢の次は家系自慢、そしてアニメの話になった。

「僕は将来、ハリウッドに行ってジャパニメーションを世界に広げるんだ。あ、ジャパニメーションっていうのは、ジャパン・アニメーションの略ね」

次のデートの約束をあいまいにして別れたのだが、家に帰る途中で五回メールが入った。

〈いま、どこ歩いてる？　僕は駅の階段で～すv(^_^)〉

〈コンビニに入りました〉

〈なんか変な目で見てる奴がいました〉

〈バイクにひき逃げされそうになりました〉

〈どうして返事くれないのかなぁ。もしかしてネムネムなの(T.T)〉

バイト先でもトモジは隠れてレシートを折ったものを渡してきた。〈愛してる〉とあった。

「なんかドョーンとしてきちゃって」

メールも返事もしなかった。

実質、アケミのなかでトモジとの関係は初回のデートで終わっていた。

いや、会った五秒後に消えていたそうだ。Tシャツにエヴァの綾波レイがあったから。

それでも仕事は仕事だと割り切ってバイトに行きつつ、トモジにははっきり言おうと思っていた。

トモジは二回目のデートを求めていた。休みの前の日にしようと頻《しき》りにメールしてきた。

〈悪いけど……友達に戻ろう〉

アケミはそうメールした。その後、風呂《ふろ》から戻ってみるとトモジからメールが十通と留守録が五本入っていた。

「いろいろ書かれていたけど、要は別れたくない、まだ始まったばかり、みたいな」

アケミは直接、会って話をした。

するとトモジはリストバンドをずらせてみせた。赤い筋が三本入っていた。

「なんか自虐的な気持ちになっちゃった……」

おまえのせいだという風に聞こえた。

アケミに向けられた目がちょっと変だった。

「おまえ、俺が死んだらどうする」

「……え？　あ、悲しいよ」

「それはどんくらい悲しいんだ。犬が死んだのとどっちが悲しい」

「そんなの比べらんないよ」

「じゃあ、金魚なら。金魚」

「それは……トモちゃん」

するとトモジはニヤッと笑った。

「な、やっぱり、おまえは心のなかじゃ俺に惚《ほ》れてるんだよ。まだ若いから本当の気持ちがわかんないんだよ」

「ち、違うよ。合わないもん、絶対、わたしたち」

「これからだよ……これから……ゆっくりきずいていこうよ……」

トモジは手首の傷をさすりながら、コレカラコレカラとくりかえした。

アケミは言い返せなかった。

ただ、なるべく会わないで自然消滅コースに向けていこうと決めた。

バイトは辞めた。

そしてトモジのコレカラが始まった。

「だいたいメールだったんですけれど……今ビルの屋上にいる。もし俺がここから死んだらどうする？　みたいなメールがしょっちゅう入るようになったんです」

トモジがメールをよこしてくるのはビル、駅、交差点などで、アケミの反応を楽しみにしているようだった。

「死ねとも言えないでしょう。第一、怖いし。リスカしてるし……」

メールでは早く会いたい攻撃が始まっていた。

〈早く会いたい〉

〈すぐ会いたい〉

〈いま、会いたい〉

〈これから会いに行く〉など。

「それでも何度か別れたから、キライだからってちゃんと言ったんですけれど。それは自分の本音をしらないからだとかなんとか言って、人の話、全然聞いてないんです」

ある夜、帰宅途中に暗がりから腕を摑《つか》まれた。

トモジだった。

「これからデートしよ」

「ダメだよ。親、心配するから」

「大丈夫だよ。おまえ、いつも遊びまくってんじゃん」

「まくってないよ」

「まくってるよ。いつもいないじゃん」

その言葉にアケミは切れた。手を振り払い、

「もういい加減にしてよ！」と叫んで逃げ帰った。

暫《しばら》くして〈ごめん……もうしない〉というメールが入った。

無視していると〈これできっぱり最後にするから声を聞かせて、電話かけて良い？〉と
メールが来た。

〈ぜったい？〉

〈絶対〉

〈じゃあ、少しだけ〉

アケミの膝《ひざ》の上でケータイが震えた。

「もしもし」

「ああ、俺俺。おまえさあ、マジ俺が死んだらどうするんだよ」

態度が全然、変わっていなかった。

ここで甘やかしたら、また繰り返しだとアケミは思った。

「そっちの勝手じゃん、そんなの。私関係ないもん」

突然、トモジの叫び声が響くとブレーキ音がし、電話が切れた。

即死だった。環七を行くトラックに飛び込んだのだった。

アケミの耳の奥にはトモジの断末魔が今でもこびりついているという。

つきあってはいけない。

遺伝子愛

「つきあってって……彼が直接、頼んだわけじゃなかったみたいなのね」

トシキと初めてデートしたのは去年の夏のこと。

「ドライブとか良いねってなにげに雑誌の特集とか読んだ時に私が言ったのよ……。それはそのうちに行けるようになったらいいねっていう意味だったんだけど。そしたら行こう行こうっていうのね。でも彼はまだ高校三年生だったし、免許ももってないからそれは無理でしょって言うと……」

カオルはトシキよりも二歳年上、既に就職していたのだが彼女も当然のことながら車はもちろん、免許ももっていなかった。

「お父さんが運転手役でやってきたの。彼が何かの拍子にふと言ったことを聞きつけて立候補してきたらしいのね」

どうぞよろしくと待ち合わせ場所で頭を下げた父親はずんぐりむっくりした眼鏡の冴え

ない男でニコニコと何がおかしいのか口元がいつも笑っていた。

「なんかちょっと変な感じがしたけれど、それでも想《おも》い出になるのかなぁと思って」

三人は箱根へ一日ドライブを敢行した。

「別に変な感じはしなかったのね。写真撮ってくれたりして、お父さんは。ちょっと話がメルヘン爺《じい》だったのを除けばね……」

彼のお父さんは何か空を見上げては〈今日は空が全身で祝福してきているね〉とか、帰り道にひどく渋滞していると〈道が君たちに焼き餅《もち》焼いているんだよ〉などと話しかけてきた。その度に彼は〈やめろよ！　おやじ〉などと顔をしかめていたが、昔っから慣れっこになっているのか。

「うちのおやじ、ちょっと変わってるだろう。でも、悪気はないんだ、ごめん」とフォローしてきた。

「別に私が付き合ってるのはメルヘン爺じゃないから関係ないけど……」

そう思っていた。

「プレゼントが届いたんだよね。結構、高いヴィトンのバッグ」

カオルが彼にありがとうと告げると彼は送っていないと言う。

「後でおやじが勝手に送りつけたって怒ったメールがあったけれど」

別にその時はまだ意識もせずに貰《もら》っておいたという。

「ただ不気味だったのはメッセージカードに〈ハニーへ〉ってあったのね。寒いジョークだとは思ったけれど、そんなことまで話したら絶対に彼が怒って、へたすると付き合えなくなったりするかもしれないじゃん。だから、それは秘密にしておいたの」


しばらくすると彼からのメールに変化が出てきたという。

「それまでは割と普通の恋人同士のメールだったんだけど」

直接、好きだとかは照れくさくて絶対に言わない彼なのに、深夜のメールに関しては結構、大胆なことを送ってくるのだという。

「初めはそれこそ愛してる愛してるの連呼とかだったりしたんだけど……。ほら、高校三年生って結構、ストレス溜《た》まってるじゃない」

ふたりは彼の大学合格までは寝ないと誓っていたのだという。

「古くさいけど、彼がそう言いだしたのね」

『早く抱きたい……。裸の君を想像しているよ』

「なんて言って良いのかわかんないんだけど、そこはそれオネーサンパワーでやんわりと毒を抜かなくちゃって思って……」

『だから、早くトシキも合格して迎えに来てね!』

とか送り返していた。

「その頃になるともう受験も本格化してきたから週に一回逢《あ》えるか逢えないかだった」

メールが大胆になるのは深夜二時過ぎ。

「丁度、勉強に区切りが着いた頃なのかな」

『抱きたい!』とか『どんな下着なの?』『初体験は?』『性感帯は?』

そんなメールにどぎまぎしながらも送り返していたという。

「直接、逢ってれば訊《き》けたんだろうけどね」

電話で話す程度の期間が続いていたので、エッチメールの話題は出しづらかった。

話している彼は志望校へボーダーラインだったのでプレッシャーに潰《つぶ》されそうだという深刻な悩みが多くて、軽口や冗談が通じないような雰囲気だった。

「だから、きっとああいうエロメールでストレス発散してるんだって、ある時、割り切るようにしたの……。そんな形ででも援助できればいいもの」

ふたりの深夜のメールは続いた。

「結構こっちも図に乗って大胆発言とか入れてたかも……」

あまりにエッチな場合には叱《しか》ろうと電話することもあったが、彼はメールはしても電話に出ることはなかった。

『生声を聞くと絶対に逢うのをがまんできなくなるから……』

というのが彼の返事だった。

そんな時、彼から急にデートの誘いがあった。

「追い込みじゃないかなと思ったけれど、もうひと月ぐらいデートらしいデートはしていなかったから……」

彼女は楽しみにして待ち合わせ場所に出かけた。

トシキは三十分待っても来なかった。

「こんばんは」

声をかけてきたのはトシキの父親だった。

「急に胃けいれんを起こしたらしくって入院したんですって」

〈おやじ、彼女ひとりじゃ心配だから、代わりに楽しませてやってくれ〉って言われてきたんですとメルヘン爺は言った。

「私はそんな時に食事なんかする気になれないから帰りますっていったんだけど、泣きそうになってね。それじゃ僕がトシキに面目が立たないよって……」

あまりに落ち込む姿が不気味というかなんともいやなものだったので、仕方なくつきあうことにしたのだという。

「青山の有名イタ飯屋に行ったんだけど……」

父親は酒が進むにつれ、自分とトシキがいかに似た者親子かとか、女性の趣味も似ているとか、べとついたトークを連発してきたのだという。

「そのうちに僕を今日はトシキと思ってみて欲しいみたいなことを言い出して……」

食事を終え、店の外に出ると証拠だと言って並んで写メールを撮られた。

その時、ほらっとメルヘン爺は耳を見せた。

トシキと同じピアスがあった。

「なんかげんなりしちゃって……」

明日が早いからと帰ろうとするともう一軒だけカラオケに付き合って欲しいとしつこく懇願された。

「おっさんはそこでラブユー東京を三回唄《うた》って、私はアユを二曲。それで解散しようとしたの」

トシキに怒られるからと、強引にタクシーで送るという言葉に負けて乗り込むと。

「遺伝子愛って知ってる？」

唐突にそう聞かれた。

「は？」

「遺伝子愛。僕はトシキに遺伝子を分けた。その彼を好きになった君は僕の半分を認めたことになるんだ」

わけがわからなくなった。

黙っていると父親は手を握ってきたという。

「遺伝子愛……ジュテーム」

耳元でそう囁《ささや》かれた時、メルヘン爺の口は生ゴミの臭《にお》いがした。

彼女は帰宅するとトシキに電話をしようと思ったが、やはり直接、言うべきだと電話は止《や》めたという。

「それに変なことで勉強の足を引っ張りたくなかったんです」

二度と父親と会う気はなかった。

するとトシキから父親の無礼をわびる謝りメールが入った。

『あのクソおやじ信じられない！　一階にいるから……。絶対にマジ謝りたい!!』

彼女はマンションのエレベーターを降りた。

しかし、彼の姿はなかった。
『どうしたの?』
メールをしても返事はなかった。
「部屋に戻ってきたらなんかいろいろと疲れてぐったりしてたんですね」
するとメールが入ってきた。
『おやじ、スゲー反省してる。許してやってチョンマゲ』
『なにそれ? 信じらんない。待ってたんだよ』
『すげえ、エロい格好してたんだって? やるじゃん。カオル』
『馬鹿みたい! どうしたの?』
『なんかおやじの良さみたいなのも判《わか》ってくれてもいーんじゃない?』
『だって手とか触ってきたんだよ。遺伝子愛とか……ちょっとマジでキモい』
『パパの悪口言うなよ!』
『え? え? もう駄目だ今日。ちょっと疲れた、寝る』
カオルは突然、おかしくなってしまった彼の態度にショックを受け、混乱したという。
「もう、なんかいろいろ厭《いや》になって。哀《かな》しくなって……」
シャワーを浴びて部屋に戻った。

変な音がした。

「何か小さなブロックとかをぶつけてる音。手のなかでサイコロ振ってるような音……」

不意にゾッとして彼女はさっきから震えているサイレントモードにした携帯を見た。

メールが届き続けていた。二十件を越えていた。差出人はトシキだった。

カオルは最新のメールを見た。

『死んでも良い。誰もいない遥《はる》かな国に行こう。パラダイスは二人の中に隠されている』

『いま、どこにいるの』

ぶーんぶーんという気配があった。

『おしいれ』

振り返ると押し入れが開いた。父親が涙でぐずぐずになった顔を出した。

「一緒に死んでクダサイな」

彼女は悲鳴をあげると外に飛び出した。

「それっきりでしたね。悪いけど……。もうなんかつきあえなくて。全部、メールに書いて送りました。彼からは父親が彼の携帯を勝手に使っていたっていう説明があったけど……」

一度だけメルヘン爺を見た。誰に殴られたのか包帯でぐるぐるだったという。

つきあってはいけない。

いきなり心中

「たぶんガクンって……それで起きたんだと思う」

カンノは今年の夏、満男と深夜ドライブした時のことを話してくれた。

「好きなタイプじゃなかったんだけど何度もアタックしてきたからねえ、根負けってやつ」

お父さんが歯科医師をしているおぼっちゃまで、毎回のデートは外車で送り迎えだった。

「高校の時から都内で下宿していたっていうからね。今、大学なんだけど純粋に生活費分として毎月三十万仕送りして貰《もら》ってたから。当然、彼もお父さんの跡を継ぐつもりだったみたい。でも、ちまちま汚い虫歯なんかいじっていられないって。審美歯科っていうのを専門にするつもりだったみたい」

カンノにすれば自分とは全く別のもっと〈お嬢様タイプ〉の女が似合ってるんじゃないかと思っていたのだが、とりあえず相手がゾッコンのようだったので暫《しばら》くは遊びのつもりでつきあってみることにしたのだという。

「伊東の別荘に行こうみたいなことを急に言い出してきたのよ」

満男はいつもベタベタと彼女に愛を告白し、金には苦労させないと繰り返した。

「みんな〈絶対、そいつ離しちゃだめだよ！〉とか言うんだけどお」

顔が鈴木ムネオそっくりで性格がせこかったという。

「コンビニとかで釣り銭渡す時、よくレシートでカバーするじゃん。直接、客と手が触れないようにまず客の掌《てのひら》にレシート載せておいてその上に釣り銭乗せるみたいな。あれでキレて、コンビニの高校生相手に怒鳴っちゃったりして。その癖、少し相手が強気の態度に出ると泣きっ面して逃げるか謝っちゃうの」

その夜、前日の夜遊びがたたったのか異常に眠くなってしまったカンノは車が真鶴《まなづる》を過ぎたあたりで寝入ってしまったのだという。

ふと、目が醒《さ》めると車は海岸沿いの真っ暗な道を走っていた。

「ここ、どこ？」

満男は返事をしなかった。厭《いや》な緊張感が車内に残っていた。ハンドルにもたれかかるようにして彼は前方を睨《にら》み付けていた。

〈その先百メートルを右折です〉

ナビの声が推奨ルートから大きく外れていることを気づかせた。

「あれ、今どこ走ってンの」

「……お……か……なけ……じゃん」

彼が何事かを呟《つぶや》いた。

「おまえ、俺のことを愛してないだろう」

「何言ってンの急に」

「おまえ、俺のこと、愛してるか？ 愛してないのか？」

満男はいきなり大声で怒鳴り始めた。

「なに言ってンの？ 馬鹿じゃない？ 怒鳴らないでよ」

「ちくしょう！」

突然、ハンドルが切られると車が激しく彼女の側のガードレールに擦りつけられた。

「何ヤッてんの！ ちょっと！」

ハンドルに触れようとする彼女の手を払うと彼は車をなおも擦りつけた。

とんでもない金属音と火花が彼女の脇で起きた。その先は真っ暗な断崖《だんがい》だった。

「好き好き好き！ だからやめなよ！」

車は戻った。

「何やってんの。信じらんない」

「逆らうな！」

今まで聞いたことの無い薄気味悪い声だった。

こっちを向いた彼の汗だらけの額に薄い髪がぺろぺろと貼《は》り付いていた。

ぶちっと唇を噛《か》み潰《つぶ》す音がし、満男の口から血が滴《したた》った。

「ねえ、いったいどうしたのよ」

「うわわををを！」

彼は車を路肩にぶつけた。

「ものすごい音がして……耳がキィーンとなった」

気がつくと車は停《と》まり、エアバッグが飛び出していた。

「花火の焼けるような臭《にお》いがして……」

彼は彼女の信じられないという顔が気にくわなかったのか、車を再び発進させた。

「もう滅茶苦茶、あっちへぶつけたりこっちへぶつけたり、荒れ狂っちゃったみたいに」

彼はそんな運転をしながら彼女に愛しているか愛しているかと訊《たず》ねていた。

ガンッと車体が傾《かし》ぐと暗い海がライトの光を斜めに飲み込んでいた。

「崖《がけ》から脱輪したんだって……。その瞬間、すごい恐怖が襲ってきた。ああ、私は本当に、マジでここでこの男と死ぬんだって」

ニュースで見た海から引き上げられる車や葬儀のイメージが彼女の強気を吹き飛ばしてしまった。

気がつくと彼女は訳も分からず彼に泣きながら謝っていた。

「愛してますから帰して下さいって繰り返していたのね」

満男は車を林のなかに突っ込むと彼女を無理矢理、引きずり降ろしたという。

「なんで、おまえは最初ッからそういう風にならなかったんだよ」

彼は彼女を押し倒すと首を絞めてきた。

「一緒に死ぬんだ。一緒に。おまえが死んだら俺も死ぬ。一緒に行くって言ってくれ」

満男の鼻水やら涙やらが顔にかかった。

異常な力で押さえ込まれていたために身動きひとつできなかった。

「声が出ないから手足をばたつかせていたけれど……」

彼は彼女に頬《ほお》ずりすると繰り返し呟いた。

「この体も……髪の毛の一本一本も全部、俺の好きに出来るはずだったのに……だったのに」

死ぬかもしれないな……息が止まり、突然、闇《やみ》が迫ってきた。

気がつくと周囲は明るくなり鳩《はと》が掌を突《つつ》いていたという。

満男はいなかった。

彼女は寒さで凍える体を起こすと助けを求めに歩き出した。

「二十分ほど行ったところにコンビニがあったんで警察に連絡して貰ったんですね」

保護されて間もなく、彼が発見されたと教えられた。

壊れた車のなかにいたのを職質されたのだという。

「なんか全然、わけが判《わか》らなかったんで、どうしてこんなことされなくちゃいけなかったんですか？　って警察の人に聞いたのね。そしたら病院に教えに来てくれて……」

満男が言うには人を撥《は》ねてしまったのだという。そしてとっさに怖くなり逃げた。運転するうちに自分の罪の重さに耐えきれなくなって彼女と心中しようとしたが、死にきれず仮眠していたという。

「訳がわからないで身近な人が、どうしようもなく突然、狂うってほんとに怖いですよ」

カンノは溜息《ためいき》をついた。

被害者は亡くなったという。

つきあってはいけない。

海賊ゲーム

「ねえ、マジつきあってよ」

ヒロミにそう言われた時、カナコはあまり気が乗らなかった。ヒロミは当時、新しいカレができたばかり、そのカレが実はヒロミの先輩とつきあってたということは風の噂《うわさ》で知っていた。

「こそこそ逃げ回っていたって、絶対に許されないからさ。こっちも堂々と正面切って挨《あい》拶《さつ》しに行けば向こうだって、とりあえず話だけは聞こうって姿勢になると思うんだよね」

「だってカレがつきあってた先輩ってノリコさんでしょう」

ノリコというのは近辺を仕切っている不良のことだった。

バックにヤーさんがいるとか、実はどこかの組長の妾《めかけ》の子だとかいうおっかない噂がびゅんびゅん飛び交っているような女だった。

「大丈夫だよ。あたし、ケッコー可愛《かわい》がられてたんだから」

「その可愛がられてた人の男を奪って、恩を仇《あだ》で返したんでしょう。絶対、ヤバいよ。あたし、やっぱ一緒に行くのやだよ」

「駄目だよ、今更。カナコと行きますからって言っちゃったモン」

「えー！　マジすか？」


ヒロミのカレは芸能プロダクションに所属していたほどの超イケメンだったが、デビュー直前に同じ事務所のこれまたデビューを控えていたアイドル志望の子を妊娠させてしまったので事務所はクビ、ついでに芸能界からも追放されてしまったという、おまけつきの男だった。

ノリコとつきあっていた頃、一度だけヒロミもそいつと会ったことがある。

「キムタクがさぁ……。ドウモトがさぁ……」と、やたらタレントの名前を出しながら、テレビ局の待合室で出くわしたら、俺のことをすげえ意識してたとか、アイドルからこっそり携帯の番号聞かれたとか、そんな話が満載の男だった。

カレについて記憶に残っている言葉というのは、フジテレビをシーエックス、シーエックスというところだった。カレはそれを口にする度にしまったという顔をし、「え〜と8チャンってなんて言うんだっけ。普通は？」とノリコに尋ねていた。

カレの倍ぐらいの体をしたノリコが喋《しゃべ》っている間中、腐った柿《かき》のように顔をほてらせながら、カレの指を口に含んだり、なめ回していたのが不気味だった。

「でも、ノリコ先輩絶対に許さないんじゃない」

「あ、全然。全然。私、別れてからつきあったんだもん」

「え？　だったら行かなくてもいいんじゃないの」

「ほんとうはね。でも、今までのつき合いもあるから筋は通しておきたいの」

結局、なんだか要領を得たような得ないような話のなかでカナコはヒロミにつきあうことを約束させられてしまったという。

翌週、ふたりはカラオケボックスでノリコと待ち合わせた。

三人は一時間ほどで店を切り上げた。

「送ってくよ」

店を出るとノリコが後輩のひとりに車を取ってこさせた。

「良いです。電車で帰るから」

「しょっぺえことすんなよ。不義理かけんのかよ」

「あ、のりま～す」

ノリコの表情が険しくなったのを見たヒロミがカナコの手を摑《つか》んで車に乗った。

車は家に向かわなかった。


ふたりを乗せた車は河原に到着した。

そこには既にノリコの後輩レディース軍団が二十人ほどドラム缶で焚《た》き火《び》をしながら待っていた。事態を悟ったヒロミは車から降りるのを拒否。ノリコの後輩に無理矢理、引きずり出されてしまった。

「あんたは運が悪かったとしか言いようがないね。まあ、こんなクズみたいな女をダチにしてた身の不運を諦《あきら》めるんだ」

カナコは後ろからノリコの後輩に羽《は》交《が》い締《じ》めにされた。

「これ、おみやげ」

ノリコはヒロミの前にポラロイド写真を投げてよこした。そこには裸に縛られたカレが写っていた。剝《む》き出しの尻には〈おしり大好きホモ次郎〉と描かれていた。

「その言葉、タトゥーだかんね」

ヒロミの顔が歪《ゆが》んだ。

「人の男を寝取ったんだ。あんたはこんなもんじゃすまないよ」

ノリコは冷たく言い放った。

「こいつ、私とカレとの連絡係に使ってたのさ。そしたらてっきり竿《さお》泥棒しやがって」

ふたりはロープで縛られた。けたたましい爆音を立てたバイクと大型のゴミバケツが運ばれた。

「バイクとバケツ。どっちか選びな」

黙っているヒロミの顔が蹴《け》り上げられた。歯が吹っ飛び、一発で知らない人になってしまった。なおも黙っていると足が再び、振り上げられた。

「バイクって何するの?」

悲鳴に近い叫びだった。

「簡単だよ。タイヤを空回りさせるから顔で止めてくれれば良いのさ」

カナコの胃がぐっと持ち上がった。苦いものがこみ上げてくる。自分もやられるんだ……。

今朝、起きた時はこんなことされるなんて思ってもみなかったな……涙が溢《あふ》れた。

「バケツは?」

「それかい? 当たり前じゃないか、海賊ゲームだよ」

ヒロミは黙りこくってしまった。瞼《まぶた》が肌色のゆで卵をつけたように膨らんでいた。

唇ではない、頬《ほお》の脇から白いものが覗《のぞ》いていた。

彼女の八重歯が蹴りこまれたショックで頬の肉から突き出たものだった。

「バイクにしな……」

待ちくたびれたといった感じでノリコが立ち上がった。

後輩たちが座ったままのヒロミを引きずって行こうとした。

「バケツ！　バケツにして」ヒロミが叫んだ。

「よし！　海賊ゲームだよ」

ノリコの言葉で、ヒロミは抱きかかえられるとバケツのなかに座らされた。

真ん中に穴を開けた蓋《ふた》がされると、バケツの外に出ているのはヒロミの首から上の部分だけとなった。

後輩が重そうな皮の袋を持ってきた。紐《ひも》をほどくと畳針がごっそり音を立てて出てきた。

バーナーを持ってきた女がそれらを灼《や》き始めた。みるみるうちに針が真っ赤になった。

ノリコたちはヒロミの詰まったバケツの周りを取り囲んだ。

「それじゃ、いくよ」

ノリコが工具用手袋をした手で灼けた畳針のひとつを摑《つか》むと、おもむろにバケツに突き刺した。

墜落するような悲鳴がヒロミの喉《のど》から爆発した。長い悲鳴の後、ヒロミは歯を嚙《か》みしめ力強く何度も頷《うなず》くように首を上下させ、痛みに耐えていた。

「あれ、今の当たりじゃないですか?」

黒いプラスティックのマスクをかけた女がおどけるように言った。

「馬鹿だねえ。海賊ゲームはナイフを刺して海賊が飛び出したら負けなんだよ。海賊は出てないじゃないか」

ノリコはヒロミを見て笑った。

その後、後輩たちが畳針を刺し込む度にヒロミは絶叫し、身をよじった。

「海賊出るかな?　海賊出るかな?」

周りで追い立てるように歌い、それに合わせて針が刺し込まれた。

ヒロミの絶叫が続いた。

そして最後の一本になった。

「はい。あんた」

ノリコはカナコに針を手渡した。バケツはハリネズミのようになっていた。

「やるか。バケツに入るかだよ」

「うあぁぁぁぁぁ～」

カナコはヒロミの前に立つと「ごめんね」と呟《つぶや》いた。

ヒロミはぼうっとしたまま何も言わなかった。頭のなかがどっかに出かけているような感じだった。隙間《すきま》を見つけて針を刺そうとした瞬間。

「あんたはそこじゃないだろう」

と、ノリコはカナコの手を止めた。

「あんたは蓋から上を刺すんだよ。馬鹿だね。決まってるじゃないか」

「で、できません……」

「じゃ」ノリコはそう言うといきなりバケツを蹴り倒した。

「げえええええ」

反対側に倒れ込んで針が食い込んだヒロミが吐き上げるような悲鳴をあげた。

蓋が外れ、なかから黒い血が流れ出してきた。

「あんた、代わりだね」

思わずカナコは針をノリコに突き刺すと走り出した。

土手の上まで逃げたところで突然、懐中電灯で照らされた。

パトカーの回転灯がいくつも並んでいた。警官が一斉に飛び出してきた。

ヒロミは一命を取り留めた。

事件はレディースリンチ事件として報道されたが、詳細までは触れられていなかった。

「今でも人気《ひとけ》のない河原とか歩けないいんです」

ふたりの子持ちとなったカナコは弱々しく笑った。

つきあってはいけない。

夢の廊下

『……おねえちゃん、あれとって』

和美はいつもそうやって〈夢のなかの女の子〉に連れて行かれる。

場所はハッキリしないのだという。

「見たこともない場所で……ざらついた壁が酷《ひど》く汚れているから、古い団地だと思うんです」

彼女は少女に手を握られたまま、薄暗い廊下を歩く。

『あれ……お願い』女の子は部屋の前に立つとなかを指さす。

その瞬間、和美のなかにはそれが〈とても価値のあるものだ〉という気持ちが湧《わ》いてくるのだという。

「その子にとってとても大事なものなのね……」

変な話だが夢のなかにもかかわらず、そのお宝に興奮した。

「で、それは何なの？」

「その時はわかんなかった。ただ宝物なんだろうなぁっていう感じで、お礼が一杯貰《もら》えそう……」

その夢は彼女がショップで働くようになって始まり、一年ほど続いた。

ある時、彼女はつきあい始めたばかりの彼と彼の両親の家に遊びに行った。

「埼玉にあるんだけど。……帰りに」

彼はコンビニでトイレを借りたいと言い出したのだという。

お腹《なか》の具合が悪かったのか、彼はなかなか出てこなかった。

するとそのコンビニの前に古い団地があったのだという。

「なんか似てるなぁ……と思ってた」

ぼんやり見上げていると外廊下に黒いものが見えた。

おかっぱ頭だった。

「すごいドキッとした。だって夢に見た女の子の髪型に似てたから……」

彼女が溜息《ためいき》をつくと廊下の頭が停《と》まり、手すりと外壁のわずかな隙間《すきま》から彼女を見ているのがわかった。

おかっぱ頭がふっと消えた。

「なにか絶対、これだっ！　っていう気持ちがしたんですよね」

彼女は車のなかに買い物の入ったレジ袋を投げ込むと団地に走った。

時刻は既に五時。その古びた団地は濃い闇《やみ》に包まれ始めていた。

彼女は団地の入り口から飛び込むとその光景に驚いた。

「何から何まで夢のなかそっくりなんです」

〈ここだ！　ここだ！　これだ！　これだ！〉

彼女は興奮しながら階段を駆け上がった。

そして六階を過ぎたところであの〈夢のなかの女の子〉と出くわした。

「夢と印象が違ったのは、白いワンピースがすごく黒く汚れていたのと」

小学校低学年だとばかり思っていたが、実はもっと大きかった。

「すごく成長の悪い中学生に見えなくもなかった」

ふたりは廊下へと続く階段の踊り場で見つめ合った。

女の子が自分に対して同じ経験をしているかどうかはわからなかった。

「……おねえちゃん、あれとって」

女の子が呟《つぶや》いた。虫歯でボロボロになった歯が黒く唇から見え隠れした。

「うんうん」彼女がうなずくと少女は手を握ってきた。

汗でべとついた手だった。微《かす》かに震えているのがわかった。
ふたりは走るようにして薄暗い廊下を進んだ。
そして少女が不意に手を離すと廊下の突き当たりの角部屋へ走った。
「あれ……お願い」
女の子は部屋の前に立ってなかを指さした。
そこは他の部屋よりも一段、へっこんで造られていたという。
ドアは開きっぱなしになっていた。
壁と壁に挟まれた狭い廊下が見えたという。
彼女は少女の先に立って部屋のなかに進んだ。
「すみません」声をかけたが返事はなかった。
確かに人の動く気配はあるのだが誰も顔を見せようとはしなかった。
背後でドアの閉まる音が響いた。
少女が立っていた。目に涙がいっぱい浮かんでいた。
和美は廊下を進んだ。
厭《いや》な臭《にお》いがした。
「おむつみたいな感じ。それと豚の鳴き声」

狭い廊下を抜けて台所に出た。

「あれ、あれとって……」後ろで少女の声がしたので振り返ると。

天井からぶら下がった女が揺れていた。

「首吊《つ》ってる最中だったの。もう目も舌もすごく出てるんだけどジタバタ動いて」

倒れた椅子《いす》が失禁した尿に濡《ぬ》れていた。

赤鬼のように膨らんだ顔から飛び出した眼球が彼女を見つけた。

首の縄にあてていた手を離し、彼女に伸ばした。

その瞬間、首に縄が食い込んだのか〈大きなゲップ〉のような音が女の口から悲鳴のように長く漏れた。

「とって！　とってよ！」

少女にドンっと背中を突かれると和美は女の足下に倒れてしまった。

下から見上げる女の顔は凄《すさ》まじい形相をしていた。

「ほんと、呪《のろ》われる！　っていう感じ」

声を出すこともできず和美はよろよろと立ち上がった。

少女が刺すような目で自分を見ているのがわかった。

振り向くと女は狂ったあやつり人形のように揺れていたが、やがてそれも納まりつつあるようだった。

〈ガァッ〉

そう絶叫すると女の動きが停《と》まった。

和美と少女は黙って立ちつくしていた。

「おまえぇぇぇぇぇぇぇぇぇぇぇぇぇぇぇぇぇ」

少女が子供とも思えない低い声で唸《うな》った。

狐《きつね》のようにつり上がった目が憎しみで燃えていた。

和美は悲鳴をあげると裸足《はだし》で部屋を飛び出した。

少女の足音が真後ろに迫っているような気がしたという。

和美が階段を飛ぶようにして外に出ると、彼女を捜していた彼と出くわすことができた。

そのただならぬ様子に彼は和美を車に乗せるとただちに発進した。

以来、あの団地に近寄ったことはないという。

バイト

「ねえ、つきあってくんない？」

ミチエは加代から不意に声をかけられた。最近、〈良いバイト〉を見つけたのだという。

「服のままで寝てるだけで五千円」

「寝てるだけ……マジ？　寝てるだけ？」

信じられなかった。加代の話では、マンションに用意されたベッドの上で寝ているだけで起きたらお金が払われるのだという。

「加代は何回かやっていたらしいけれど。店長から友達を紹介してって頼まれたのね」

それで加代はミチエに話をもってきたのであった。

「ちょっとヤバイかなって思ったんだけど……」

隣の部屋で加代が見張っててくれるというので……話だけ聞いてみようと思ったという。

「雰囲気ヤバそうだったら、バックレちゃえば良いやと思ったの」

そのマンションは渋谷の駅から少し離れたところにあった。

ドアには表札もなく、ただ〈七人のこびと〉のシールだけが貼《は》ってあった。

挨拶《あいさつ》にでてきた青白い顔の店長は笑いかけてきた。

「簡単だからね」

「隣の部屋のベッドに寝てくれればいいから。二時間ぐらいだな。時間になったら起こすし、そしたら……う〜ん。一万円」

相手は加代が言っていた金額の倍を提示してきた。

「その人の話だと、女の子が寝ているところをネットで会員に見せるんだって。世の中には女の子の寝顔を見るのが大好きな男も多くて、そういう人のためのバイトなんだって」

「眠れなかったら、どうすれば良いんですか」

「あ、それは大丈夫大丈夫。すごくリラックスできるし、それ用の飲み物もあるから……」

ミチエは断ることもできず、「寝るだけで一万円」の魅力にも勝てなくてやってみることにした。

「絶対、隣で見ててよ」

「OK！　OK！」

ミチエの言葉に加代は親指を立ててみせた。

ピンク色の暗い照明の点《とも》る部屋にはダブルベッドとぬいぐるみだけが置いてあった。

「はい。これ」

店長が飲み物とお菓子をトレーに乗せてやってきた。

「一応、あそこがカメラだからね」

彼が示した天井の隅にコンビニなどでよく見る監視カメラが取り付けてあった。

「本当に寝るだけですよね」

「もちろんさ。ガンバってね。もし途中で気分が悪くなったら声をかけて」

店長は部屋を出て行った。

ジュースはグレープフルーツ味で苦かった。それでも喉《のど》が乾いていたので飲み干すとお菓子をひと口ふた口、食べたところで猛烈に眠くなってきた。ミチエはベッドに横たわると、あっと言う間に寝入っていた。

「お疲れぇ～。おはよう～」

店長の声で目覚めると既に三時間近くが過ぎていた。

「よかったよ～、ミチエちゃん。寝顔がキレイだって会員のひとがホメてたよ」店長はニコニコしていた。「これ、見てた人からのチップも足してあるから」

渡された封筒には一万五千円入っていた。

「それから何回か暇になると連絡してスケジュールに入れて貰《もら》ってたんです」

変わったことはなかった。衣服も特に乱れているといった感じではなかったし、店長はいつも静かに入口のカウンターのなかで本を読んでいた。

「一応、保険っていうか私の時には加代に必ず隣室で待機して貰っていたからね」

それでも、ちょっと気になることはあったという。

「なんか体が臭《にお》うような気がするのね。はっきりしないんだけど」

バイト終わりのすぐ後で何度かミチエは首筋や胸元から自分の体臭ではない〈香り〉がするような気がしたという。そんな時、加代に確かめて貰うのだが彼女は何の臭いもしないと言った。またある時はバイトを終え、家で着換えをしているとシャツのボタンが穴ひとつ分ずれてはめられていた。自分がやった覚えは無かった。

三ヶ月ほど経《た》つとバイトを辞めようと思った。

「もともとそんなに長くやるもんじゃないしね。やっぱ怪しいじゃん」

加代に告げると、ひどく驚いた声を出した。

「え〜、どうして。あんな良いバイトないよ！」

「う〜ん。でも、なんかあんな簡単に大金貰っちゃう癖つけると人間がダメになんじゃん」

「辞めます」ミチエの言葉に電話口に出た店長は驚いた様子だったが強く引き留める事はなかった。ただ「あ、そう」とだけ呟《つぶや》いて電話は切れた。

その月、生理が来なかった。怖くなった彼女が検査薬を使うと妊娠を知らせる線が浮かび上がった。

「ねえ、本当に私、何もされてなかった？　なんか妊娠してんの！」

加代に詰め寄ると彼女は少し青ざめた様子で、たまにミチエが寝ると店長に頼まれて外出していたことを認めた。

「だって散歩してくるだけで二万円もくれるんだもん」

ミチエが店長に抗議の電話をすると「何の話だか全然わからないし、あなたのことなど知らない」と告げられた。数日後、加代を連れて部屋に行ってみるとそこは空室になっており、ドアのシールは剝《は》がされていた。

それからすぐにミチエの携帯に見知らぬ男からメールがあった。

『コドモ、イッショニ、ソダテマショウ』

ミチエは親にも黙って堕胎した。

待合室で順番を待っている時、メールが次から次へと入ってきた。

『イマ、マエニイマス。デテキテ。ハナシマショウ』

『ソコデナニヲシテイルノデスカ? ハヤク、アイマショウ』

『アカチャンヲコロサナイデ!!』

手術が終わり、回復室で目が醒めるとケータイにはメールが三十通も入っていた。

『ヒトゴロシヒトゴロシヒトゴロシ……ヒトゴロシハユルサナイ。ボクノアカチャンヲコロシタハンニンヲユルサナイ』

「たぶん、あの店に来て、寝ている私にいたずらしていった男だと思うんですけれど……」

会ったこともない男……、誰なのか想像もつかないという。

ミチエはひとりで外出することができなくなったという。親にも警察にも相談はできなかった。メールは週一の割合で届いていた。

「着信拒否する前に来た最後のメールに、そいつ精神病院に通ってるってあった」

「どうして」

「罪にならないように。診断書がちゃんと出るまで通うんだって。半年か一年、精神病で通って薬を貰い続ければ罪にならないんだって……私を殺しても」

そう言ってミチエは溜息《ためいき》をついた。

……つきあってはいけない。

キムタク

……つきあおう。

出会い系だったという。相手のハンドルネームはキムタク。

「ありがちかなとは思ったんですけど」

当時の椎名《しいな》さんは自分でもいうように実に気が弱かった。

「だから携帯の出会い系なんかに電話した事自体、自分自身驚いているんです」

〈キムタク〉は主に電通などをクライアントにするCMプランナーだと自己紹介した。

都内の大学に進学するために上京してきたばかりの椎名さんにとって〈出会い系〉も〈電通〉も〈CMプランナー〉も全《すべ》て大きな意味での『東京体験』に繋《つな》がっていた。

「だって、テレビや雑誌で見る芸能人やモデルやスターがみんな同じ空の下にいるっていうのが東京でしょう。それは感動でしたね」

そしてそういった東京の下〈キムタク〉との出会いもありではないかと思ったという。

「いまから考えると自分も相当モーソー入ってたなとは思うけど……ね」

彼女は何度か〈キムタク〉とやりとりをした挙げ句、逢《あ》うことにしたのだという。

場所は両国。

「なんで両国なんだよっていうのはありますけれど。当時は全然、判《わか》らなかったから」

彼女は待ち合わせ場所に行ったという。

目の前をチョンマゲを結った相撲取りが横切っていく、それだけでもびっくりした。

待ち合わせの時刻を三十分過ぎてもキムタクはこなかった。

〈茶髪ロンゲの優しい感じ〉とキムタクは自己紹介していた。

いなかった。CMプランナーをしていそうな人は両国駅前にいなかった。

「だめだったのかな」と彼女は思った。きっと遠くから自分を見てタイプじゃないからブッチされたんだと諦《あきら》めて帰ろうとした時、携帯が鳴った。

〈キムタク〉だった。

「ちょっと説明不足だったかも知れない」

「え、どういうことですか」

「ちょっと俺、キムタクから遠いから……。遠いから……それだけは謝る」

「いま、どこですか。私、両国なんですけれど」

「ちょっと左みてみ」

彼女は左側を向いた。柱があったその後ろにピンク色のソーセージに服を着せたような赤ちゃん顔のダルマがいた。

アッと短い悲鳴を上げそうになった時、ダルマがにやっと笑って頭を下げた。

陰毛のような髪が頭の上で煙のように揺れていた。

キムタクは彼女をレストランへ連れて行くとご飯を食べ出した。

猛烈に食べた。彼女が箸《はし》をつけたものまで胃袋に流し込んでいった。

彼女は圧倒されてしまい話がでてこなかった。

キムタクも食べることがコミュニケーションだと言わんばかりに次々と食べ続けた。

そして終わると次の店に移動した。

辛うじて注文したモノが来る間や、デザートを待つ間にキムタクが自分に対して話したのは、CMプランナーになろうとしていま勉強中であること。普段は写真屋で現像の手伝いをしていること。ヌードややってる最中の写真を撮る客が結構多くて自分としてはそういった恥を知らない風潮に対し、非常な怒りを抱いていることなどだった。

どうでもいいことだった。

早く帰りたかったが、どうやって帰って良いのか、その場を離れる方法が判らなかった。

彼女は結局、夜まで付き合ってしまった。

別れ際に体をギュッと摑《つか》まれた。

「チューしていい」

キムタクが聞いてきた。

「いやです……」と呟《つぶや》いた。

「どうして……こんなに楽しかったのに」

「いやです……。とにかく絶対、いや」

自分でも驚くくらい大きな声がでた。

するとキムタクはホーッと長い溜息《ためいき》をついた。

そして、「君に見せたいものがあるから」とある建物の前に彼女を案内した。

そこは川縁《かわべり》の倉庫街であった。

「ちょっと待っててね」

キムタクはそう言うと姿を消した。

人気《ひとけ》はなかった。彼女は仕方なくキラキラ街の灯を反射させている川面《かわも》とその上を走る高速を行き交う車を眺めていた。

携帯が鳴った。キムタクだった。

「僕は君を愛している」

返事はしなかった。

「もう少し右側にプレゼントが隠してあるンだ」

彼女はコンクリートの道を見つめたが、何もなかった。

「どこですか?」

「もう少し右!」

声が耳元で聞こえた。野菜を潰《つぶ》したような音が足下で響き、彼女は衝撃で倒れた。

気づくと頭の割れ目からいろんなものが少しずつ出ているキムタクがコンクリートの上に俯《うつぶ》せに倒れていた。

足がびくびくと震え、立て続けに放屁《ほうひ》した。

キムタクが自分めがけて倉庫の屋上から飛び降りたと気づくのには時間がかかった。

誰かがものすごい叫び声を上げていた。自分だった。

「ウブだったもんねぇ」

いままでは人が変わったように強くなった椎名さんはちょっと眉《まゆ》をひそめた。

つきあってはいけない。

管理人

……ちょっと手伝って貰《もら》える？

そのゴミ袋を手にした男性に声をかけられた時、ヒトミはエエと返事をしていた。

管理会社風の作業服を着た男性はマンションのゴミ集積場のところにいた。いくつかのゴミの袋を仕分けするように足下に並べていた。

「私、最近ここの管理人になった者です。そこの古新聞を取って貰えますか」

彼女は足下にあった束を相手に渡した。

「すみません……」男性は頭を下げた。ヒトミが会釈すると男性は「最近は分別がしっかりしていなくて大変なんです」と困ったような顔をして見せた。

「そうですか……」ヒトミはそう呟《つぶや》くと外に出た。

ヒトミのマンションは都内の繁華街に近いところにあるワンルームで、隣近所の付き合いなど一切ないのが気軽だった。

「でも、そのぶん建物のなかは汚れていたわね」

レジ袋が散乱しているなどは当たり前で、酷《ひど》い時には階段の上に排泄《はいせつ》物があったりするという。

「子供とか酔っぱらいとかが入り込んできてするんだと思うんだけど……」

深夜になるとひとりでエレベーターに乗るのが怖くなる時があるという。

「だから絶対に他の人とは乗らない」

誰かが乗り込んでくれば彼女は箱を降りる。そのほうが安全だと信じていた。

しかし、あの管理人がきてからは建物の汚れが少なくなってきたようにヒトミは感じたという。

「やっぱり、人間の心理として汚いところは汚しても平気だけど、綺麗《きれい》なところは汚しにくいんじゃないかしら」

管理人は他でも仕事をしているらしく、いつも決まった時間に清掃しているわけではなかった。

「割と早朝とか深夜に作業しているような感じだった」

彼は住民全員に対してそうなのか、ヒトミを見つけるといつもニコニコと笑顔を見せた。

ある夜、ヒトミが部屋にいるとチャイムが鳴った。

管理人が立っていた。

「昼間、この建物で警報装置が誤作動しまして。他の部屋の確認は終わったんですが、ご不在だったものですから。一分で終わりますから様子を見させてください」

「あ、はい」

ヒトミが招き入れると管理人は部屋に上がってきた。土足のままだった。

「あ、靴」

ヒトミが叫んだが、それを無視して管理人は部屋の真ん中に進んだ。

「ちょっと、あなた何なんですか」

ヒトミが呆《あき》れた声を出すと、管理人は作業着のなかから包丁を取り出した。

「聞いてもらいたいことがあるんだよ」

管理人はヒトミに座るように包丁で指示した。

「もう頭のなかは真っ白で……」

「俺は昔、家族を全員、この手で殺してしまった男なんだ」

男はヒトミが静かに座ると、次から次へと自分の身の上話をし始めたという。

「でも、なんか変なんです。五十ぐらいにしか見えないのに……俺は戦争に行ったとか」

そのうちに男の話は豚のＳＥＸやネズミの解剖へと移ったが、なおも興奮しながら話し続けた。少しでもヒトミが気を散らせているような素振りを見せると包丁を振り回し、テーブルの上に幾筋もの切り込みを立てた。やがて男の話は身の上と豚のＳＥＸだけとなり、それが壊れたテープのように繰り返された。

「俺はあんたの肉には興味がない……だが、体に気を遣ってやっているのを見せておかなくちゃならない。この世の中には体を大切にしない若い肉の女がウロウロしているからな」

男はそう言うと人差し指をヒトミの顔の前に突き出した。

「舐《な》めろ……俺は若い肉の女の舌の感じでその肉の女の健康が判《わか》る」

爪《つめ》が泥に埋まった十円玉のように汚れていた。

ヒトミは仕方なく男の指を口に含んだ。錆《さび》の苦い味がしたという。

男はそのまま指でヒトミの口のなかを掻《か》き混ぜると〈うん……うん〉と何かを調べているような顔をしてみせた。

男の指が口から離れたのは三十分ほどしてから、既に午前三時を過ぎていた。

涙とよだれで濡《ぬ》れたヒトミの顔を眺めていた男は突然、立ち上がると〈俺は死ぬ！　思い残すことはない！〉と叫びながら部屋の外に出て行ったという。

駆けつけた警察官に事情を話すと、見知らぬ人間を入れたら、今の世の中殺人事件になるよと注意されたという。

警察からの問い合わせに不動産屋は、自分たちもマンションのオーナーも管理人を雇ったというような事実はない、と返答してきたという。

おにいちゃん

……ちょっと、これつきあって。

元野さんの家には昔、親戚《しんせき》のお兄さんが下宿していた。医学部を目指していたお兄さんは予備校に通う都合で、横浜にある彼女の家に一年だけという条件で住んでいた。

「たぶん、その時にもう二浪ぐらいはしていたのかな……」

彼女のお兄さんに対する印象は〈暗い人〉。ひと言でいってガリ勉タイプだったという。

「いつも白いランニング一枚でいて……ちょっと話しかけづらい人だった」

そんなお兄さんはよく彼女に手伝わせて実験をしていた。

「赤だの緑だのの粉末と液体を混ぜて……」

裏の原っぱで〈爆破〉してみせたりした。

元野さんはお兄さんは嫌いだったが〈爆破〉は好きだった。

「花火の派手なやつだったけど、お腹《なか》の底にドンと響くような音が気に入っていたのね」

お兄さんはよく彼女を連れて実験しにいった。特に予備校の試験が続いた前後は頻繁に〈実験〉が行われ、それが終わると元野さんはお兄さんの部屋で〈腹筋〉をさせられた。お兄さんは彼女の足を抑えながら、顔を真っ赤にして上体を起こす彼女を見つめていた。

「ほら、あと一回……もう一回！　もう少し」

黄色いワンピースの裾《すそ》がお腹の辺りまでまくれていても、幼い彼女は構わず続けた。そして、お兄さんはたまに〈ジュース〉もくれた。そのジュースはピリッとする舌触りが残ったが、よそでは売っていない甘さが彼女は好きだった。だが、そのジュースを飲むといつも眠くなって困った。

そんなある時、〈実験〉中にミスが起きた。

「いつも乾いた低い音がするのに……その時だけはこもった音だった」

ボブンという音がすると、薬を詰めた瓶を手にしていたお兄さんが呻《うめ》いた。薬の量が多かったのではないかと元野さんは言う。お兄さんは右手の爪《つめ》を三枚、飛ばしてしまった。青白い顔に汗を浮かべたお兄さんはランニングの裾で手を覆った。

「誰にも言っちゃ駄目だよ」

彼はシャツから染み出して道路に垂れている血を、サンダルで乱暴にごりごりと擦った。

「それから、ちょっとおかしくなっちゃったのね」

怪我《けが》のことを誰にも話さなかったお兄さんだったが、それから暫《しばら》くしてあまり家族の前に姿を現さなくなったという。試験が近づいていたこともあって〈追い込み〉に入っているのだと元野さんの家族も思い、放《ほう》っておいたという。

食事は二階の部屋の前に置かれるようになった。

そしてある時、お兄さんは居間で留守番をしていた元野さんのもとに顔を出した。

「ちょっと、きて……」

二階の部屋に上がるとそこはカーテンが閉められたままで薄暗くなっていた。

「実験……」

お兄さんはそう言うと彼女を押入のなかに入れ、数をかぞえるように言った。

「確か……千円くれたと思う」

大金に喜んだ彼女は押入に入った。

なかは熱かった。

「火があるわけじゃないけれど……空気が薄くて……」

彼女は膝《ひざ》を抱えると奥の壁に背をつけ、お兄さんのいう通りに数をかぞえ始めた。

〈い〜ち……に〜い……さ〜ん……〉

「しばらくすると凄《すご》く眠くなってきたのね。頭が重くなって……」

いくつまで数えたのか忘れてしまったという。

たぶん五十まで数えられなかったんじゃないかと……。

お兄さんは彼女を押入から出すと「もう良いよ」と告げた。

彼女は居間に戻ると軽いめまいを感じ、そのまま横倒しになって眠ってしまったという。

「その晩は全然、食欲が無くって……」

すぐに寝てしまった。当時、彼女と幼い弟は両親と一緒に川の字に並んで寝ていた。

「その夜中に……って言っても明け方だったと思うけど」

父親の怒鳴り声がした。続いて窓が大きく開け放たれ、気がつくと母が目を閉じたままの弟を庭に連れ出し、頬《ほお》を叩《たた》いていたという。自分も父に叩かれ、庭石の脇へと連れ出されていた。

「おい！　しっかりしろ！　全員、寝るなよ。深呼吸しろ！」

元野さんは、目を開けた弟がすぐさま火がついたように泣き出したのを憶《おぼ》えている。そして父の怒号と共に、二階からお兄ちゃんが引きずり出されてきた。

「なにか普段の顔じゃなかった。ふて腐れていて、それで何か諦《あきら》めてしまったように……」

薄笑いを浮かべていたのだという。

お兄さんはその日の夕方、急の知らせを受けて駆けつけた叔父《おじ》と叔母《おば》に引き取られていったという。小さな彼女に詳しいことは最近まで一切、知らされなかった。

「一家心中させようとしたらしいの……練炭でね」

お兄さんは、深夜になって彼女たちの眠っている部屋の隅で練炭を大量に焚《た》いたのだという。その晩に限ってお兄さんは両親と食事をしていた。睡眠薬の類を飲ませたのだろうと父親は言った。しかし、分量まで彼は測れなかった。結局、体力のあるお父さんが異変に気づき、部屋に並べられた七輪と、部屋の障子や桟にされた目張りに気づいて全員を起こしたのだった。

問いつめられたお兄さんは、元野さん一家が全滅すれば試験に落ちても怒られないだろうと思ってと告白した。事件にはならなかったが、お兄さんはそれっきり親族の前に姿を見せなくなった。

「外国へ留学させてるって聞いたけど……。でも本当はずっと入院させてるんじゃないかって父は言っていた」

元野さんは溜息《ためいき》をついた。

つきあってはいけない。

俺様大洪水

「確かにつきあってって言ったのは俺のほうだけどさ」

タカミは腕のリストバンドをさすりさすりしながら情け無い声を上げた。

彼は所謂《いわゆる》、地方の名家出のボンボンでなにを勘違いしたのか両親は高校だけは東京でとでも思ったのか息子一人を親戚《しんせき》が経営するマンションに放《ほう》り込めば勝手に勉学に励むだろうと家賃の他に月三十万円の生活費を仕送りして放っておいた。

タカミはサッカー部のエースであり、また勉強もできる上にモデル並みのイケメンだったので、アッという間にマンションの部屋は入れ替わり立ち替わり女の子との同棲《どうせい》部屋と化してしまったという。

タカミはウブな同級生を前に自分の女性遍歴をまるで勲章のように誇りながら語り、みなに羨望《せんぼう》と嫉妬《しっと》の眼《め》で焼き尽くされる日々を快適に過ごしていた。

ある日、タカミはトキコという名の年上の女性と同棲することになった。

既に二十四にもなっていたトキコは弟のようなタカミが少々はめを外したところでそれこそ姉のように静かに見守ってくれていたのだという。

「最初のうちは理解があるなぁって、浮気がばれてもいちいち修羅場にならないだけ、すごく楽に浮気がエンジョイできた」

タカミはトキコが年上だという負い目からきつく当たれないのを知り、ますます浮気に拍車を掛けていったという。

「なら別れればいいじゃんっていうけどさ。料理は旨《うま》いし、掃除も洗濯もちゃんとしてくれて何でも頼めばやってくれるんだから。同い年の娘《こ》じゃ、そんなにいろいろ頼めないでしょう」

こうしてタカミはトキコを都合の良いお手伝いさんとして扱い、トキコはタカミがいつか目が覚めてくれるはずだと念じつつ実に献身的に尽くしていた。

そんなある日、タカミが部屋で女の子と寝ているところをたまたま忘れ物を取りにやってきたトキコに偶然、見つかってしまう。

「ガチャッってドアが開いたからさ。もうびっくりしちゃって……」

トキコはふたりがベッドでくっついている部屋の前を通り、黙って忘れ物を探した。

「その時、彼女が誰？　っていうから。ああ、知り合いのおばさん、ちょっと頭が弱いんだって言ったんだ。だっていくら知り合いでも黙ってこのシチュエーションのとこに入っては来ないだろう」

たぶん、それはトキコの耳にも届いたはずだとタカミは言う。

さすがにヤバイかなぁって思ったけど……。

トキコはそれから姿を見せなかった。

「こっちもダルイからメールも電話もしないで放っておいた。駄目なら駄目でもショーガナイッショってカンジ。だって若さが爆発しちまったんだからね。マジ、しょうがないよ」

三日目、仲間とカラオケをやって帰宅するとトキコが部屋で待っていた。

いつものようにテーブルにはタカミの好物が並び、ユニットながらバスタブには湯が張られていた。

「なんか怖いな……怒ってるんでしょう」

「全然、わたし、あなたなんかよりずっと修羅場をくぐってきているんだから……」

トキコは微笑《ほほえ》んだ。

ホッとした。やっぱり、年上はサイコーだ。タカミは嬉しくなって服を脱ぐとシャワーを浴びに行った。

「言葉どおり、怒ってる素振りなんかこれっぽっちも無かったな」

タカミはにこにこ微笑んでいるトキコの酌でビールを飲んだ。

その時、ひとつだけ気づいたことがあった。

部屋が妙に片づいていた。もちろん、トキコがしたに違いないが念入りにやったという感じがした。それに髪の毛一本も見逃さないような掃除っぷりでもあった。

「片づけたんだ」

「うん。この際ね」

突然、落下するような強烈な睡魔に襲われ、憶《おぼ》えているのはそこまでだった。

物凄《ものすご》い寒気で目が覚めた。

ベージュの壁が囲んでいた。

タカミは自分がユニットバスに裸で浸かったままだということに気づいた。

湯は冷め切っていたが、何か温かいものが掌《てのひら》に溢《あふ》れていた。

手首が切り株のように口を開け、そこから鮮血が間欠泉のようにブップッと音を立てて噴き出していた。

「なんじゃこりゃぁ！」

タカミはそう叫ぶと体を起こそうとした。が、足には全く力が入らず、ただイタズラに底をのたくるだけだった。

血が湯を濃いオレンジ色に変えていた。

「本当に腰から下が全然、動かなくて……」

死ぬかもしれないな……。

顔をあげると半分閉じかけたドアの隙間《すきま》から笑っている女の顔が見えた。

トキコだった。声を出さずに口だけ開けたままトキコは笑い。

そしてゆっくりとドアを閉めた。

結局、タカミは壁を殴りつける事で文句を言いに来た隣人に発見された。

外聞を気にした両親はタカミ自身の自殺未遂という事で事件にはしなかった。

「いきなりきちんと部屋が片づけてある場合は彼女の出す飲み物、食べ物に注意しろ！」

それが高校に復帰したタカミの第一声であったという。

つきあってはいけない。

子持ちの男

「つきあってなんて簡単に言う人はだめよ……」マユミはそう溜息《ためいき》をついた。

彼、ミツルと出会ったのは西麻布《にしあざぶ》のクラブ。

印象は悪くなかった。さっぱりとした雰囲気で、センスの良いシャツで細い体を包んでいた。手首が自分より細かったことをマユミは憶《おぼ》えていた。

メアドを教えた翌日、ミツルからメールが入った。

〈相談したいことがあるんだ……〉ということだった。約束した場所へ行くと彼は、付き合っている彼女とうまくいってないと告げた。別れたいけど……修羅場になるのはいやなんだと言った。

「正直に話すしかないよ……別に他に好きな人ができたんじゃなきゃ堂々と言えばいいよ」

「でも、もう無理」

「なんで？　はっきり言えば」

マユミの言葉を聞いていたミツルがその時、ピストルのように人差指を突きだした。

「できちゃったもん。好きな人……」

ミツルは元カノと別れると、正式にマユミとつきあいたいと言ってきた。

「彼はお医者さんの家の子なのね。とにかく坊ちゃんで。その時、私は十九だったんだけど、言われるまで年上だとは思わなかったのね。それぐらい童顔」

ミツルは都内の超有名大学の医学部の学生だった。

話のなかにも色々な病気の話が登場した。

「人の体って本当に凄《すご》いんだよ」

そう言いながら、解剖実習の時にはメスではなくピンセットで遺体を〈むしる〉ようにしてバラバラにしていくこと。一体につき三ヶ月ぐらいは、全部バラすのにかかることなどを細かく教えてくれた。

「とにかく人の体が好きなのね。体なら何でも欲しいみたい。やっぱり医者になる人っていうのは人体マニアなのね」

付き合って三ヶ月が過ぎた頃、ミツルはネックレスを見せた。

くの字型の白っぽい石に鎖が通してあった。

「これ何だと思う」

微《かす》かに黄色みを帯びたそれは骨のようにも見えた。

「なに？　これ。魚の骨？」

ミツルは嬉《うれ》しそうに首をふると彼女の耳元に口を寄せた。

「……人の骨」

マユミは信じられなかった。何しろ、それは三センチにも満たない細いものだったのだ。

「赤ちゃんの？」

「ううん。大人。どこだと思う」

マユミが考え込んでいると彼は再び囁《ささや》いた。

「ここの骨……」

「どこ？」

「ここさ。耳」

ミツルによるとネックレスにしているのは人間の耳の骨なのだという。

「つち骨とかあぶみ骨とかあったでしょう……名前は忘れちゃったけど、あのどれか」

ミツルは知り合いの医者からそれを譲って貰《もら》ったのだという。

気味が悪くなった。

そして実際にマユミにはもうひとつミツルから気持ちが離れていく理由があった。避妊である。

「彼は全然、そういうのしないのね」

ミツルは避妊には全く協力的ではなかった。

「もしできても責任は取るから……」

ミツルはマユミが不安を口にするとそう曖昧《あいまい》な笑みを浮かべた。

徐々にマユミのなかでミツルに対する不信感が募り始めていた。

「それで少し彼を試してみたんです」

妊娠したと告げたのだという。それで彼の心が離れていくのであればきっぱりケジメがつくとマユミは思った。もし彼が言葉通り責任を取るつもりなら信じられるかもしれない。

マユミは一瞬、顔色を変えた。ミツルの次の言葉を待った。

「じゃあ、知り合いを紹介するから……。お金は大丈夫だから」

「どういうこと?」

「おろすお金のこと」

別れよう……と思った。マユミは自分から連絡を取るのを止《や》めた。

するとミツルが今度は必死になった。

「どうするの? 産めないよ。産んだら可哀想《かわいそう》だよ」

嘘《うそ》だったとは言えなかったし、言うつもりもなかった。ミツルへの愛情は醒《さ》めていた。

「なんとかする」

「なんとかするって……どうするの。僕の知り合いに見て貰ってよ」

ミツルは執拗《しつよう》に病院にこだわった。

「その頃からなんか変な感じはした……この人の心配とわたしの心配はどこかズレてるなって。同じことを喋《しゃべ》ってるんだけど、基本が違うの」

完全看護付きの個室が空いている、そこを無料で提供するとミツルは言った。

マユミは断り続けた。

「おまえ、おかしいよ! こんな良い条件蹴《け》って、自分で探すなんて」

ミツルは怒鳴った。

「それから二週間ぐらい連絡がバッタリ無くなったんですね」

そしてある晩、駅から帰っていると車から声をかけられた。ミツルだった。

思い詰めた顔をしていた。

「ちょっと良いかな?」あの優しい顔で呟《つぶや》いた。

マユミはミツルと共に彼が通学用に借りているマンションに向かった。

部屋は異常に薬臭かった。

「これ……」ミツルはテーブルの上に封筒を載せた。

一万円札が詰まっていた。

「五十万。迷惑かけたお詫《わ》び」

ミツルは俯《うつむ》いていた顔をあげた。

「但《ただ》し……あげるには条件がある。知り合いのところで処理して欲しい。それが絶対条件」

その時、ミツルの元に携帯がかかってきた。

「お父さんだったと思う。〈あ、パパ〉なんて言ってすごく気を使って話してたから……」

ミツルは彼女を残すとキッチンから別の部屋に移動していった。

マユミは改めて広い部屋のなかを見回した。

頭蓋骨《ずがいこつ》や目玉、脳などの人体模型が所狭しと飾られていた。

みると押入の下が黒く濡《ぬ》れていた。近づくと苦いような薬の臭《にお》いがした。

「ほんと、何気なしにだったんですけれど」

なんとなくマユミは戸を開けた。

透明のジャムの瓶がコレクションのようにキチンと並べられていた。

瓶にはシールがあった。

〈金子弘美／１９９７／10／12〉

〈山本惠子／２０００／６／30〉

など女性名と日付が……。

瓶のなかには濁った液体に白くふやけた内臓のようなものが詰まっていた。内臓に見えたものには目鼻があった。小さな手足がついていた。

胎児が詰められていた。

マユミは絶叫した。

「結局、ミツルってつきあった女の子を妊娠させると知り合いのところで堕胎させて、その胎児を記念に集めていたらしいんですね……」

マユミには事態を知ったミツルの父から二百万円の口止め料が支払われたという。

今頃、ミツルはどこか父親の息のかかった病院で働いているはずだという。

つきあってはいけない……。

元カノ

「つきあって！　って言ったのは私。マジで凄《すご》い惚《ほ》れてたから」

カズミはストロー袋にお冷やの滴を垂らした。

彼女がヒロオミと出会ったのは渋谷のクラブ。

「ダンスも最高で。とにかくカッコ良かった」

ヒロオミはルックスが抜群なのに余り遊んでいないようだった。

「その変な女からケータイに電話が入り始めたのは付き合って二週間ぐらい経《た》ってから」

『あんた……ヒロオミをマジで幸せにできんの』

「アンタ誰？　関係ないじゃん。頭おかしくない？」

『あんたなんかよりずっと私のほうがヒロオミを愛してるんだから』

カズミはすぐに着信拒否にして無視していたが、相手はその度にケータイを変えて、また掛けてくる。

「もちろん、カレにも聞いたの。あの女誰って？ そしたら昔、付き合ったことがある女だけど……しつこくて困ってるって。あたし、あんまり酷《ひど》ければストーカーじゃん。警察に連絡すればって言ったんだけど」

ヒロオミはそこまではまだしたくないと言ったという。

ある時、ヒロオミの肩に物凄《ものすご》い歯形がついていたのだという。

「どうしたのって聞いたら。部屋に入ろうとしたらあの女が入口のところに隠れていて思いっきり噛《か》まれたって。ゼッタイ、ケーサツだよ！ って言ったんだけど」

女はカズミの部屋のポストにも〈別れろ別れろ〉という手紙を突っ込んだりしていた。

「どうして部屋とかすぐにバレてんだろうと思うとゼッタイにあとつけてるんだなぁ〜って凄く怖くなった」

ヒロオミのアパートに泊まった時のこと。深夜、ふと目が醒《さ》めた。

ガリガリガリガリガリガリ……ガリガリガリガリ……ガリガリガリガリ……。

と音がした。見るとベランダの窓にぴったりと顔をつけた女が中を覗《のぞ》きながら曇りガラスに爪《つめ》をたてていたという。

驚いてヒロオミを起こすと彼は〈何やってんだ！ おまえ！〉と怒鳴りつけた。

するともっと大きな声で〈死ね〜死ね〜死ね〜〉と女の絶叫が聞こえ、ガタガタと物音

をさせながら逃げて行ったという。

「絶対ケーサツだよ。住居侵入じゃん」

彼女は言ったがヒロオミはウンとは言わなかった。

「それで絶対、こいつ女に堕胎とかさせてんだなぁって……。そういう負い目があるから強く出れないんだって」

それでも別れる気はなかった。まだゾッコンだったのである。

「でもね。だんだんヒロオミも煮え切らないからイライラしてきちゃってね」

精神的に辛《つら》くなってきたのだという。女からのメールとイタ電は続いていた。それにポストにも色々と投げ込まれていた。そして一枚の衝撃的な写真が送られてきた。

「ベッドでシーツにくるまってキスしてるのとふたりで笑ってるやつ。それを見た瞬間に〈ああ、このこと私は忘れらんないな……〉と思って好きだけど辛いけど別れなくっちゃって思ったんだ」

別れを切り出すとヒロオミは黙って頷《うなず》いた。辛い別れだった。かなり長い間、しこりが残った。女からは〈ば～か。根性なし〉というメールが入った。誰が教えたんだろうと不思議だったが女は彼女の別れたことをすぐに知った。

ヒロオミと女の関係を知らされたのはそれから半年ほどしてからだった。たまたま別のクラブで会った仲間が、彼女がヒロオミとは完全に切れたと言うと話してくれた。

「ヒロオミってカッコイイのに女ができないのは理由があるんだよ。ほんとに親しい奴しか知らないけど」

「なんなの。教えて」

「マジで秘密だけど。あいつ、妹とできてんだ。凄いヤキモチ焼きでさ。マジで相手、殺しかねないんだって。マイッタよってあいつよく悩んでたもん。良かったよ、カズミ。別れて」

……つきあってはいけない。

「つきあったっていう感じはないよ～」

琴子はその同級生のことを教えてくれた。

相手の名前はスグル。目立つ存在ではなくクラスではいじめられっ子であった。

「ただそんなに深刻にいじめられていた子ではなかったのね。いじめたくなるほど興味をひく子じゃなかった……」

彼はなぜか琴子にだけは馴《な》れ馴れしくしていた。

「偶然、席が近かったことと……。たぶん、挨拶《あいさつ》をしてたからかな～」

彼は放課後になると掌《てのひら》に針を刺していた。

「痛くないの？　って聞くと、痛くないって……」

彼は琴子が興味をもったと誤解したのか、それからも物陰から彼女を呼びつけると針を突き刺した掌や唇を見せつけてきた。

センター街で彼に声をかけられたのは去年の暮れ。

「最初は判《わか》らなかった。なんか太っていたし……。髪の毛もボサボサで」

仕事帰りだったのと予定がなかったので琴子はスグルに誘われるままに居酒屋に入った。

スグルはフリーターだと言っていたが今は決まった仕事をしていないようだった。

当たり障りのない会話をしてふたりは別れた。たぶん、一時間も喋《しゃべ》っていないと彼女は言った。

それから頻繁にスグルが彼女の前に姿を現すようになったという。

「近所のスーパーとかで見かけた時にはさすがに気味が悪くて……」

あまり関《かか》わらないようにしたほうが良いと、目が合って相手が笑いかけてきても無視するようにした。つきあう気などは毛頭無かった。

ある日、マンションのドアに手紙が貼《は》ってあった。『かなしみ袋の唄《うた》』と書いてあった。

そこには琴子への愛が歌詞のように綴《つづ》られていた。作詞は「Ｓｈｏｗｎ」。

「気持ち悪いなぁ。誰かに相談した方がいいかなぁって思ってたんです」

彼女は高校の友だちに相談した。相手もあまり憶《おぼ》えていないようでスグルに関する情報は得られなかった。ただふたりとも気味の悪い暗い奴ということで意見は一致した。

深夜、壁の擦《こす》れる音で目が覚めた。

「ゴキブリかなって思ったんです」

音は自分の頭のすぐ上でしていた。彼女の寝室は建物の柱が突き出しているのでベッドの背と壁の間にかなり隙間《すきま》が空いていた。音はそこからした。

小さなライトを点《つ》け、顔を上げると血だらけのシャツが見えた。

その上には棘《とげ》だらけの顔。

よく見ると針を顔中に刺したスグルだった。彼はベッドと柱の隙間に黙って立っていた。

「が、がなじぃ〜ふくろぉだよ。俺のハートは。かなじみにつつまれ〜」

ぐじゃぐじゃした声が針だらけの顔の奥から聞こえてきた。

琴子は体をベッドの反対側の壁に押しつけたまま身動きできなかった。

宙を睨《にら》み付けていたスグルが歌い終えるとジロリと琴子を見た。

「一緒になろう……」

そういうとスグルはベッドの背を乗り越えて近づいた。

琴子は凄《すさ》まじい悲鳴を上げると枕《まくら》で思い切り、スグルの顔を叩《たた》いた。

獣のような絶叫が破裂した。

立ち上がるとトレーナーの背中が摑《つか》まれたが、そのまま部屋の外に飛び出した。

警官と共に戻ると室内には血の付いた針が散乱していた。

「ああここでやってたんだな」

警官はベッドの隙間に人がうずくまっていた跡があるのを示した。

後日、琴子の父親がスグルの家に怒鳴り込み、相手が慰謝料を払うことで事件は示談となった。

現在、スグルは入院している。

つきあってはいけない。

「つきあおうと思ったのは、やっぱり顔を見ちゃったからですよね」

サトミとケーイチが知り合ったのはネットの友だち募集コーナーでのことだった。

「高校出てからなんか最近、面白いことないな〜と思って」

〈友だちからゆっくり始められる人、お願いしま〜す〉と書き込んだ。

掲載するとその日からメールが入り始めた。

「大抵はただの自己紹介なんだけど……」

なかには変態が書いたとしか思えないようなメールや嘘《うそ》バレバレの自己宣伝メールも混じっていた。

「で、そういうのを排除するのに」

彼女は二回目からは相手の写真を送ってもらうようにした。

すると嘘くさいメールやエロメールは激減したという。

通算すると百通近くメールは届いた。そのなかでサトミはケーイチを選んだ。

理由は『女っぽかった』から。

「私はあんまりオトコオトコした人はダメなの。どっちかっていうとオカマに近いような中性的な人が昔っから好みで……セックスもあまりしたくないし……」

身長167センチ、体重53キロというケーイチはサトミの好みにぴったりだった。

「それに写メールだけだとはっきりしなかったけれど」

会ってみると肌も女の子のようにツルツルしていたのだという。

「良かった。写メが偽物だったらどうしようかと思ってた」

「そんなことするわけないじゃない」

初めてのデートの時、ケーイチにそういうと彼はそう笑った。

ケーイチはゲイではなかったが普通の男とは明らかにタイプが違っていた。

「なんか女ばっかりの家なんですって」

ケーイチは四人姉弟《きょうだい》の末っ子。

上はすべて姉であり、離婚した母親に引き取られて育った。

「だから学校から帰ると全部、女の生活のなかで暮らしていたのね」

サトミはケーイチと話しているとまるで女友だちと遊んでいるような錯覚によく陥った。

細身で女物のジーパンでも入るという彼は理想のタイプだった。

「それで一緒に暮らすようになったんです。ふたりで話してどうせならシェアしたほうが家賃は楽だし、もっと都内に近いところに越せるねって……」

ふたりはそれぞれのアパートを引き払うと東横線沿線のマンションを借りた。

払う家賃はそれほど変わらなかったが格段に便利になったし、遊んで帰るのも楽になった。将来、画家になりたいとコンビニのバイトをする傍ら、雑誌のイラストを描いているケーイチは家にいることが多く、サトミは携帯ショップでバイトをしていたので外に出ることが多い。遅く帰るとケーイチはよくサトミのために夜食を用意して待っていてくれた。

「しばらくすると変なことが起こるようになったんですね」

何か部屋の中で強い違和感を感じるのだという。

特にそれは自分のクローゼットの側で感じられた。

「少しずつ何かが……」

たとえばセーターの袖口《そでぐち》が緩く感じる……。

畳んだ下着の折り目が綺麗《きれい》すぎる……。

触れた覚えのないワンピースが一番手前に掛け直されている……。

「それからしばらくして歩けなくなっちゃったんです……」

彼女の足の爪《つめ》を切ってくれたのはケーイチだった。

「切ってあげようか?」との言葉に甘えついでに頼んだのだが、それがいけなかった。一瞬、皮膚の隙間《すきま》に剃刀《かみそり》を差し込まれるような戦慄《せんりつ》が走ったと思った途端、親指に激痛が走った。ケーイチの慌てた声がしたが既に親指の先からはたっぷりと血が吹きこぼれていた。

「深爪……。それも結構、酷《ひど》く斜めに、肉まで切られてしまったんです」

その晩は簡単な消毒をし、痛みを堪《こら》えながら翌日、出勤したのであるが……。

どうしたことか毒が回ったようで傷口が大きく膿《う》んで腫《は》れてしまった。

「心臓が脈打つだけでも痛くて痛くて……」

医者に行くと瘭疽〈ひょうそ〉と言われたという。

「人間が我慢できない三大苦痛のうちのひとつだよ、これはって言われました」

ひょうそは細菌によって皮膚が化膿《かのう》するのであるが、爪にできると化膿して敏感になった部分が常に圧《お》される。特に足の場合には体重がかかるだけあってその痛みは激烈となる。

結局、サトミは医者で爪を剝《は》ぐことになったが手術当日の他、二日ほど出勤できなくなった。彼にも迷惑がかかると彼女はその間だけ実家に戻っていた。

「怒りの電話がかかってくるようになったのは、その頃からでした」

相手は中学時代の親友であった。

『あんた、呼び出しといて無視するのは良くないよ』

「どういうこと?」

『大事な話があるって電話で呼び出すから、わたし部屋から降りてったら逃げたじゃん』

「そんなことしてないよ。あたし」

『絶対、あんたの声だったし。追っかけたら逃げたモン。後ろ姿だったけど……』

こうした電話は日に日に増えていった。但《ただ》し、友だちへかけられた電話の多くは公衆電話からのものだった。

ある日、彼女は忘れ物を取りに仕事の途中で帰宅したという。

ドアを開けると誰もいなかったが、彼女の部屋のクローゼットの前にはずらりと服と下着がセットにして並べてあった。

〈なんなの〜〉声にならない言葉と共にそのなかのひとつを拾い上げようとした途端、ドアが開けられる音がした。

彼女は無意識のうちにクローゼットへ身を隠した。

玄関のほうから鼻歌が聞こえてきた。ケーイチの声だった。

次にサトミが隠れている部屋の扉が開くと戸の隙間からチラッと知らない女が見えた。

女は鼻歌を続けながら畳に並べてある服を選んでいるように思えた。

ケーイチはどこにいるんだろう……。

サトミがそう思った瞬間、女が顔を上げた。

ケーイチだった。彼はかつらをつけて女装をしていた。服はサトミのものだった。

「今日のサトミはどれにしようかな……」

ケーイチはそういうと服を次から次へと持ち上げては姿見に映していった。

「あんな女よりも私のほうがサトミらしい……私のほうがサトミらしい……私のほうがサトミらしい……」

ケーイチは鏡の中の自分の姿にサトミ……サトミと呼びかけると体をくねらせていた。

「もう少ししたらあの女を動けなくするわ……。爪切りとかじゃなくて。ホームから落としたり、事故で……偽物がいなくなれば私がサトミ……」

その時、軽快なメロディと共に隠れていたサトミの携帯が鳴ってしまった。

慌てて切ったがケーイチは姿見の前から動かなくなった。

まるで背中で気配を探っているようだったという。

「薄汚いネズミぃ……」

振り返ったケーイチの顔は恐ろしく歪《ゆが》んでいた。ルージュを塗った口紅とロングのかつらのなかでギラギラ光る目が辺りを見回すと部屋を出て行った。

それっきり何も音がしなくなったという。

ほっと溜息《ためいき》をついた途端、ドカンと包丁の先が扉の内側に突き刺さってきた。

悲鳴を上げるとケーイチがゲラゲラ笑うのが聞こえた。

壊れた扉の隙間から顔中にルージュでメチャクチャな線を引いたケーイチが見えた。

「こういう風にして……」

ケーイチは必死になって開けまいとしているドアの隙間から包丁を差し込んできた。

「なんでこんなことするの！」

サトミが絶叫するとケーイチはカッカッと声をあげた。

「きれいなサトミはふたりいらない……。だから、こういう風にザクザクにして……顔。そしたら許してあげる。自分でできないなら私がしてあげるから……顔」

ケーイチが思い切り扉を引くのとサトミがドアを思い切り開くのと同時だった。まともに扉に体当たりされたケーイチは尻餅《しりもち》をついた。

脇を通り過ぎる瞬間、サトミはケーイチが自分のアキレス腱《けん》めがけ包丁を振るのを感じた。後で確かめるとストッキングが裂け、皮膚が薄く切れていたという。

数時間後、実家の父親と共に戻ると既にケーイチの姿は消えていた。

「結局、そこを引き払うことで警察沙汰《ざた》にはしなかったんです。もともとネットの出会い系みたいなもので親が外聞が悪いと言い出したのと、ケーイチは実家の住所も何もかも嘘《うそ》をついていたので突き止めようがなくて……」

今でもサトミは電車や人混みで自分に似た人を見ると足がすくむという。つきあってはいけない。

不注意なひと

「ちょっとつきあってくれない？　って言われたのね」

バイトの先輩後輩だったふたりは初めから何となくお互いを意識していたので〈つきあう〉のは時間の問題だろうなぁ……と彼女は思っていた。

シュンスケのバイクで向かったのはカレのアパートから十分ぐらいのところにある店。その手前でバイクは転倒し、マキコは道路に放《ほう》り出された。

「メット着けてたから顔とかは大丈夫だったけど……」

マキコは膝《ひざ》と腕をかなりひどく擦りむいてしまった。

シュンスケは慌てて彼女を病院に運んだ。幸い怪我《けが》は重くはなかったが左腕と左足は包帯でぐるぐる巻きになってしまったという。

シュンスケは毎日、マキコの部屋を見舞った。

「ご飯作ってくれたり、買い物してくれたり」

立ったり座ったりがきつかったけど歩くのは平気だったのね。だから、別に自分でやれるんだけど……シュンスケの優しさが嬉《うれ》しかったという。

「写真撮ろう」

普段はカメラ嫌いのシュンスケが、気をつかったのか〈マキコの回復日記〉だと言ってよくカメラを持ってきては彼女を写していった。父親から譲ってもらったというそのカメラはド素人のマキコが見ても本格的なものだった。

ひと月もすると怪我は治った。しかし、ついてないことに、続いてマキコはシュンスケのアパートから出る時、ドアに手を挟んでしまった。正確には先に出たシュンスケがマキコが靴を履いているのに気づかずにドアを閉めたのだった。手を柱についていたマキコの手の甲にはヒビが入ってしまった。全治一ヶ月。そう診断された。

「ヒビってあんなに簡単に入るとは思わなかった。全然、痛くなかったんだもん。ただパキッって手が鳴ったのだけは憶《おぼ》えてる……。シュンスケはすごく落ち込んじゃって」

怪我をしたのは右手だっただけに生活が不自由になった。バイトは辞めた。

「少しのあいだだけ実家から援助してもらいました」

シュンスケは前にも増して献身的に看病にやってきたという。

回復日記は続けられることとなった。

ある日、シュンスケの部屋に泊まったマキコはコンビニへ買い物に出た。

シュンスケはバイトでいなかった。

「ねえ、ちょっと」

ふいに声をかけられた。見知らぬ女がにやにやしながら立っていた。

「あんたシュンスケの新しいガールフレンドでしょ」

長い髪の痩《や》せた女だった。年齢はマキコよりふたつかみっつ上。

「キレイな人だった。雰囲気がモデルっぽいカンジ……」

女は黙っているマキコに近づくと手の包帯をしげしげと眺めた。

「ドアに手を挟んだんでしょ。その前はバイクで転んでない? やかんのお湯、間違って膝に落とされてはいない?」

マキコは首を振った。

「そう……。多少は学習してるんだアイツ」

「なんか用ですか」

「気をつけたほうが良いよ。そのうちにドライブに誘われる。シートベルトするなって言われる……」

女は髪を掻《か》き上げた。すると隠れていた顔の半分が剝《む》き出しになった。醜いひきつれが

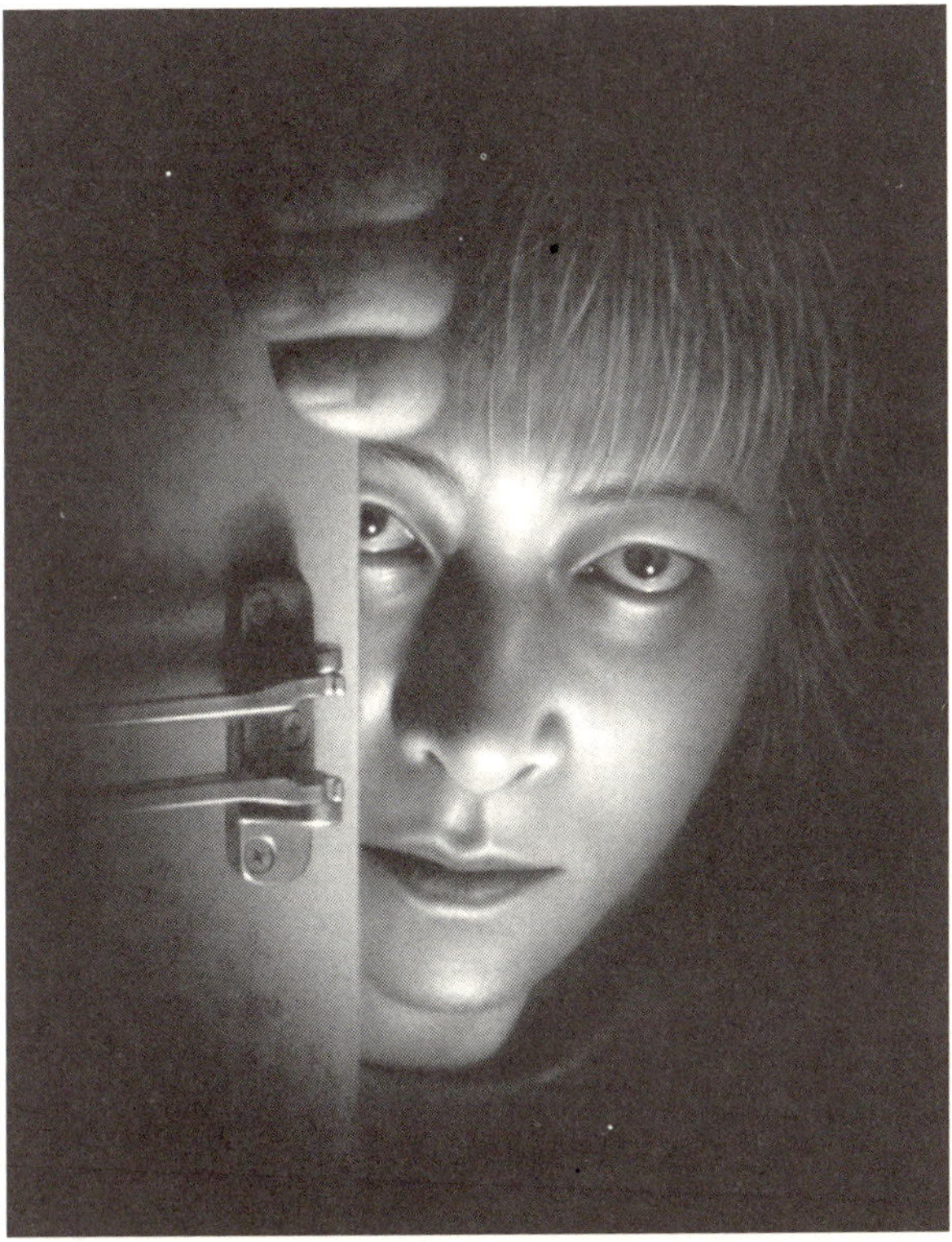

こめかみから顎《あご》にかけて伸びていた。

「シュンスケは包帯してる女が好きなんだ。それも本物の怪我した女。そういう不自由な女を飼うのが好きなんだ。いつかは元に戻らない怪我をさせられるよ」

女はそう言うと去っていった。

部屋に帰ったマキコはシュンスケの机と押入から包帯をした女や包帯を外して怪我が丸見えになっている女の載ったアルバムを発見した。背が高く雰囲気のあるシュンスケはもてるだけあって女の数も多かった。

ひと月後、手の包帯が取れてしばらくするとシュンスケはマキコをドライブに誘った。

「シートベルトなんか要らないよ。ウザいだろう」

彼は何度もそう言うとマキコのシートベルトを外そうとした。

「うん。でも……このほうが安心するから」

「なんだよ！　俺の運転がそんなに信じられないのかよ！」

突然、シュンスケは怒鳴った。

「うん。やっぱり信じらんない」

マキコはそう言うとポーチに手を入れ、アルバムから抜き取った写真をシュンスケにぶつけて車を降りた。

今でもシュンスケは〈やりなおそう……〉とメールを送って来るという。つきあってはいけない。

「つきあってくれませんか……」

アサコからそう声をかけられたときカズコはてっきりトイレかどこかへ行こうと言われたのだと思った。アサコは同じ予備校に通うクラスメートだった。

「でもね、アサコの付き合うっていうのは男と女みたいな感じだったのね」

カズコは全く同性には興味がなかったので断ったのだが、どうもそれを間違ってとられたらしい。

「なんか傷つけないように言うのも難しくって、結局、タイプじゃないみたいなことを言っちゃったんだと思うんだけど」

それからしばらく、アサコは予備校に顔を見せなかった。

ある夜、帰り道で自分を呼ぶ声がした。

振り返ると帽子を深くかぶった女がいた。アサコだった。

顔の印象が変わっていた。一重だった目が大きくなっていた。

「二重に切ったんです。それに目頭のところも切開して」

アサコはそれで付き合って貰《もら》えると勘違いしていたらしい。

カズコははっきりと同性に興味がないと告げると「は～い」と唄《うた》うような声を出してアサコは帰っていった。

予備校は欠席が続いていた。

それから暫くして、コンビニを出たところで声をかけられた。

アサコだった。また顔が変わっていた。

鼻を高くしたのだという。

「なんか高くなってはいたんですけれど……」

ちょっと曲がっていた。いや、結構、曲がっていた。それに目の方も右と左の開き方が変だった。

「なんかもう止《や》めたほうが良いよって。自分のためにやってるんなら良いけれど、私とつきあうとかそういうことのためにやってるんなら止めなって言ったんです。お金は全部、ローンだっていってました」

たぶん、その時、鼻が曲がってることも言ったかもしれないとカズコは言った。

ある晩、寝ていると人の気配で目が覚めた。

ベッドの脇に人が立っていた。

水玉のワンピース、しかし顔がなかった。顔の見えるところには包帯がぐるぐる巻きにされてあった。顎《あご》を伝って赤いものが、ぽたりぽたりとワンピースの上に落ちていた。水玉ではなく、血の痕《あと》だった。

「アサコ……」

カズコが身を起こすと包帯だらけの女は手にしたナイフを見せた。

そのアパートにカズコは一人暮らしだった。同居している者はいない。

アサコが包帯を外し始めた。

床にどんどんと白い布が溜《た》まり、ヘビがのたくっているようだったという。

そして包帯は取れた。

まぶたがなかった。

そして鼻のある場所は掘り返したように肉が裂け、白い骨が見えていた。

〈オマエガサセタンダ、オマエガオマエガ〉

聞いたことのない声だった。うがいしながら喋《しゃべ》っているように聞こえた。

カズコは動けなかった。

アサコはカズコの前に座ると彼女の指を摑《つか》んで鼻の傷に突っ込もうとした。

〈オマエノスキナカオニシロ〉

まぶたのない赤いボールのような顔になってしまったアサコはだらだらと血の混じった涙を流していた。そして目に合間を見て手にしたペットボトルの水をかけた。

「あたし女キライなんだよ。好きになんかなれない」

するとアサコは立ち上がった。

〈コンナニコンナニスキナノニ〉

そして足で床を踏みならした。ナイフは置かれていた。

その瞬間、カズコは体当たりすると外に駆けだした。

実家にタクシーで戻ると事情を説明した。

父が警察に連絡し、アサコは路上をさまよっているところを保護された。

現在、カズコは短大生。アサコは病院にいる。

つきあってはいけない。

霊能志願

〈ちょっとつきあってよ……〉

翔《しょう》がそう言うたびにマキは〈どっちだろう〉と期待と不安に胸がドキドキした。

「普通にドライブとか誘ってくれる時は良いんだけど……」

顔も悪くないし、性格も優しい翔にはたったひとつだけ困ったところがあった。

「あいつ、プロの霊能者になりたがってたんです」

翔の実家はもともと紀伊の山奥でそこには昔から様々な不思議な話や言い伝えが残されていたのだという。

「台所の神様とかトイレの神様とか、そういうのはわかるんだけど」

針の神様や豆の神様までいるという。そして神様がいる以上、そうではないものも非常に多くいて、影のなかに潜んでいて人に悪さをさせる〈日陰鬼（ひかげおに）〉とか、眠っているあいだに目と耳を取り替える〈取り換え娘（とりかえこ）〉の話など、魑魅魍魎

〈ちみもうりょう〉の話を小さい頃から耳にタコができるほど聞かされたのだという。

「とりかえこって何？」

「眠っている間に悪人の目と耳に取り換えるンだって、そうすると取り換えられた人は次の日から思ってもみなかった人から〈いじわるな目〉で見られているような気がしたり、〈悪口〉を叩《たた》かれているような気になってどんどん疑心暗鬼になっていって最後には狂ってしまうんだって……」

「ノイローゼにするんだ」

「そう」


翔はことあるごとにマキを心霊スポットと言われている場所に誘った。

「廃病院でしょう。殺人事件のあった場所、誰かが死んだ事故現場、お墓……」

そういうところへ行くのが翔は自分のパワーアップに繋《つな》がると信じていたという。

「でも私、そういうとこへ行くのヨワくって……」

マキはそういう場所に行くと必ず二、三日は具合が悪くなった。具体的には頭痛が治らなかったり、腰や肩が痛くて動けなかったりするのだった。

「見たりはしないんだ？　幽霊とか」

「そういうことは無いんだけれど。すごく辛《つら》い……体中が」

翔はそう体の痛みを訴える彼女を見て、「見込みがあるなぁ」と羨《うらや》ましそうに笑ったという。

そういう翔自身、何度か死にかけたこともあった。ひとつは自殺現場に供えてあったお守りを盗んできた時、バイクに乗っていると突然、車輪がロックし、そのまま体が前に投げ出されたという。

「それ、お守りじゃないじゃん」

「お守りは机のなかに隠しておいたらしいんだけど……」

腕の骨を折ってしまった彼を見舞いに行ったマキは机のなかにあるお守りを持ってくるように言われたのだという。

カレの部屋の鍵《かぎ》を貰《もら》って入ると部屋の中には物凄《ものすご》く異臭がした。

「どんな臭《にお》い」

「煙の腐った臭い。カビと焦げかな」

確かに机のなかにお守りはあった。

焦げていた。お守りの生地自体は変わっていないのに引き出しの板が、お守りを置いておいた場所だけくっきりと四角く焦げていた。触れた時、お守りは熱かったという。

翔の様子は十九の誕生日を越えた辺りからおかしくなってきたという。

バイトしていた車のパーツショップを辞めてしまい、毎日ぶらぶらし始めたと思うと、何やら怪しい薬を飲んだり、ヨガのようなことを始めたり、前は必ずマキと行っていた心霊スポットもひとりで巡るようになっていった。もともとルーズだった生活のリズムもガタガタになっているようだった。

「で、マジで不気味になって」

きちんと話をしようと思ったのだという。

マキの部屋にやってきた翔ははっきり〈やつれていた〉。

髪には生気がなく、顔は青ざめていた。

「俺……ケッコーやれたかもしんない」

翔はそういうとマキの部屋のなかを見回した。その目は何かを追っているかのようにゆっくりと天井から彼女のベッドサイドへと巡らされた。

「ふ〜ん、ふふふふ〜ん」カレはにやりと笑った。「そうなんだ〜」

「なに」

「いや。おまえ、可愛《かわい》いから嫉妬《しっと》されてるよ。俺のハニーに」

「なに言ってンの」

とマキが口を開いた途端、台所で鍋《なべ》が大きな音を立てて倒れた。

「俺のハニー。トレーラーに体潰《つぶ》されて骨が無いんだ。蛇みたいにのたくってる。でも不自由はないんだ。上も下も関係ないから。天井だって地面だってどこでも移動できる。俺さ、もう十九だろ。二十歳までに才能をはっきり目覚めさせないと霊能者としては駄目だって何かで読んで、それからあっちこっちの墓や現場で修行したんだ」

「修行??」

「ひと晩明かしたり、自分の血を撒《ま》いたり、もの壊したり。とにかく出てきてくれれば何でも良いと思ったからな。墓の骨壺《こつつぼ》も開けた。あれ開ける道具がなかなかみつかんなかったけど、なんとか手に入れた。それでやっとひとり見つけたんだ」

翔はそうしゃべるとマキの背後をぴたりと見つめた。

「いま、真後ろにいるよ……」

「やめてよ……翔、もうそんなことやめな。おかしくなっちゃうよ」

そう言うと翔はびっくりしたように口をあんぐりと開け、そしてくすくすと笑い始めた。

「驚いたな。ハニーはおまえが今日、ここで絶対にそういうって教えてくれたんだ」

翔はマキの背後を指さした。

「ほら、喜んでる」

マキは誰もいないはずなのに、背中に何かがそっと押しつけられるのを感じた。マキは思わず立ち上がった。

「良かったじゃない翔。あんた霊能者になりたかったんでしょう。なれたじゃない。その幽霊女と一緒にテレビに出られるじゃない」

そういうと誰も触れていないテレビが点《つ》いた。

ただし、放送はされていない空きチャンネルだった。

「おまえ、嫉妬してンの」翔はまたくすくす笑った。「ハニーはすごく妬《や》いてる。おまえを殺したいって。両目から血を流しながらのたうち回っている……」翔はけらけら笑った。

「だからさ。俺はふたりいても良いんだよ。死んだ女と生きてる女。どっちも好きだから。おまえらでテレビに出てくれたら俺は最強なんだけどな。話し合ってくれよ」

「馬鹿じゃないの」

「俺はおまえとは別れない。ハニーとも」

「信じらんないよ」

その瞬間、マキは誰かに手をそっと握られたという。彼女は悲鳴をあげると部屋を飛び出し、そのまま実家に帰ってしまった。数日後、引っ越しを決めた彼女が部屋に戻ると空気が異常なほどどんよりとしていたという。

「観葉植物を少しもってたんだけど全滅」

サボテンまでが腐っていたという。

翔とは別れようとメールした。

〈フタマタかけられて悔しいのはわかるけど、おまえももう少し大人になってくれ〉

翔からはそう返事が来たという。

「なんかその後も実家に手作りの御札とか粘土みたいな人形とかが送られてきた」

マキが無視していると翔からこんなメールが届いたという。

〈ハニーが何度逢《あ》いに行ってもおまえの部屋にある◎×が邪魔で入れないと言ってる。どけてくれ〉

「それ何なの」

「ひみつ」マキは微笑《ほほえ》んだ。

「翔とはそれっきり？」

「ううん、一度だけ」

その前に妙なことがあった。実家のマンションを出た途端、子供の自転車が落ちてきた。

「たぶん上の階から誰かが投げたんだと思うけれど」

彼女から二メートルほど離れた場所に落ちた自転車は二度大きな音を立てて跳ねると停《と》まった。彼女のマンションは14階。場合によっては即死していた。早朝で目撃者がいなかったのと約束の時間に遅れそうだったことからマキはそのまま駅に向かったという。

それから駅のホームで電車が入ってくる時、誰かに前へ突き飛ばされた。ぎりぎりでセーフだったがヤバかったという。振り返ると階段を駆け下りる後ろ姿に見覚えがあった。

「たぶん翔……だと思う」マキはそう呟《つぶや》いた。

「どうして」

「最後のメールに私と幽霊女が仲良くなる方法がひとつだけあるって送ってきたんです」

「どういうこと」

「〈死ねばいい〉って……そうすれば心霊どうし仲良くなれるからって」

いまでも彼女は自室にテレビを置かないし、駅では電車が到着してからホームに出るようにしている。翔がどうしているのかわからないが、たまに誰かが自分を見つめているような気がする時があるという。

つきあってはいけない。

つきまとわれて……

初めはお決まりの昼夜を問わぬ無言電話だった。

「誰！」

そう叫ぶと微《かす》かに笑う声が聞こえた。

男のような気がしたという。

チヒロはその番号を着信拒否にした。

するとまた全然、違う電話番号でかかってくる。

「わたしも機種変すれば良いんだけど、結構、仕事とかでも使ってるんで簡単に変えたりできなかった」

単なるイタ電と思っていたチヒロは無言電話がくると片っ端から着信拒否して対抗した。

但《ただ》し、ある時、それでは意味のないことを知った。

『ミギウデ……ナオッタ？』とメールが送られてきたのである。

「ショップにいたんだけど読んだ途端に足が震えちゃって……」

チヒロの右腕には今でも白い筋が真横に走っている。

それは元カレに捻《ねじ》り上げられ、折れた傷だった。

「冬、コタツに座ってたんですよね。ロゲンカになって、背中蹴《け》られてウッてなったところを腕をギューッって曲がったまま逆に……」

体のなかで板が鳴るような音がしたという。

「ベキャッっていうかボキッていう音」

チヒロの財布から金を盗んでばかりいる彼に文句をいったのが原因だった。

「当時、プーだったんですけれど仕事探すっていっても朝からスロットばっかり……」

新しい仕事についても二、三日すると〈思ったような仕事じゃなかった〉〈条件が違う〉〈すげえ、嫌な先輩がいる〉と言っては辞めてしまうのだという。

結局、チヒロのアパートでゴロゴロし、彼女が仕事に行って留守の間はパチスロ屋か競馬場に通っているのだという。

「自分では小さな居酒屋かラーメン屋をやりたいって言ってたんですけれど……」

具体的な動きは何もなかった。

彼は彼女がひとり暮らしを始めた頃、友達と行ったクラブの店員だった。

「彼は自分で生活したことがないって言ってました。いつも女が喰《く》わせてたって」

彼の暴力が激しくなってきたのは彼女の妊娠が判《わか》ってからだった。

「もう絶対におろせ！　みたいな感じで、私が嫌がってるように見えたんでしょうね」

俺は父親になんかなる気はない。嘘《うそ》だと思うならこれからサイテーの男になってやると。

「ほんとにサイテーの男になって……子供は処置したの」

それでも彼の暴力は収まらなかった。

毎日毎日、少しでも気に入らないことがあると殴る蹴るの暴行を受けた。

「おまえ、俺をイラつかせるのは早く俺を殺したいんだろう？　殺したいから、ムカつかせて血圧上げさせてんだろう」

そしてあの骨折。両親の知ることとなり、実家からやってきた兄が彼を叩きだした。

「しばらく実家に戻っていて……それで去年また上京したんです」

既に二年経《た》っていた。

チヒロは最近、つきあい始めたトモヒサに相談した。

Ｗｅｂのコンテンツなどを製作している会社に勤めている彼とはその前後から仲良くなり始めていた。

「まだ決定的につきあう気はなかったんだけど……」

元カレの恐怖があまりに強烈だったので、誰かに相談せずにはいられなかった。

「注意した方が良いよ。それはストーカーだから」

トモヒサはストーカーやドメスティック・バイオレンスの相談を受けるサイトを手がけた経験からいろいろとアドバイスをしてくれたという。

「彼の話では相手からメールや電話があっても拒否してはダメだというんです」

拒絶は相手をエスカレートさせる。一番良いのは相手にしないこと。受信はしても返事をしないことだと彼は告げた。

「それでも無言はいいんだけどメールは見ちゃうでしょう」

メールには昔、行った旅行のことや口論の原因のこと……。

心細さからチヒロは急速に相談者の彼と接近し始めた。

「同棲《どうせい》はコリゴリだったんで……」

仕事帰りに待ち合わせ、互いの部屋に行き来するような付き合いが始まった。

ある時、彼女の部屋でテレビを見ているとまたメールが入った。

『アイツノナマエ、オロシタガキトオナジ』

煙草《タバコ》を買いに行っていた彼が戻るとチヒロは号泣し、メールを見せた。

「このままだとヤバいかも……。一緒に暮らした方がよくないか？」

彼はそう提案した。

「でも、正直なところ、まだそれほど彼に対して気持ちが固まってたわけじゃないんで……」

それはまだできないと告げたという。

「それに、もしアイツがやってきたりしたら直接、彼も巻き込むことになっちゃうし」

そして遂に、メールにチヒロのマンションの入口の写真が添付されてきた。

「もう絶対に引っ越さなきゃいけないと思いました。でも、お金もないし」

憂鬱《ゆううつ》な顔をしている彼女にトモヒサが自分が話をつけてくると言い出した。

「そんなの絶対ダメだよ。まともじゃないんだから……」

彼は知り合いに頼めばメアドから住所が判るという。

「任せておけよ」

彼は怯《おび》える彼女にそう微笑《ほほえ》んだ。

それから数日後、なんの進展もなかったという。

「毎日毎日、帰るたびに部屋のところにいるんじゃないか、中に侵入してくるんじゃないかって」

体重が五キロも落ちたという。体調も最悪で体中が痛んだという。

ある晩、彼と警察に連絡するか否かで軽い口論になったという。

実はトイレが詰まってしまったので彼に手伝ってもらうと、中からスポンジが出てきたのだという。

「あの千切《ちぎ》って使うやつね。あれに」

長い蛇のようなスポンジに相合い傘がマジックで書いてあった。

元カレとチヒロの名だったという。

「もう精神的に耐えられなかったんで」

彼は過激な対応は事態を悪化させると強く反対したという。

「私、途中で涙が止まらなくなって……頭を冷やそうとベランダに出たんです」

すると部屋の電話が鳴っているのに気が付いた。

「出ようと思った時には留守録になった」

兄からだった……。

チヒロは部屋の写真が撮られた時、兄にだけは相談をしていた。

『チヒロか……、兄ちゃんや。携帯の相手調べられました。こういうの最近では興信所にも頼めるからな。全然、別人。あいつとちゃうで。安心しって……安心しとられへんけど。心当たりあるか……名前はなぁ……トモヒサ……』

と兄は今、部屋のなかにいる男の名前とチヒロもよく知っているアパートの名を告げた。

振り向いたトモヒサは吸い殻をカーペットの上に直《じか》に捨てると無表情のままベランダに向かってきた。

「どうでもいいよなぁ……そんなことはもう……俺たち」

彼は彼女の体を掴《つか》むと部屋のなかに投げた。

「嘘《うそ》ついて悪かったけど今度は本気で俺があいつに、元カレになってやるから。そうすりゃ嘘にならねえだろう。そういうことやりたくなる女なんだよ、おまえは」

彼はそういうと倒れたチヒロへ馬乗りになり、首を絞めにきた。

抵抗する度に腹を殴られ、意識が遠くなりかけた。

その時、偶然、手元に垂れていた黒いコードを引いた。

棚に移動させておいたポットが勢いよく落下し、彼にぶつかると、その場で熱湯が彼の首筋にまともにかかった。悲鳴をあげる彼を下から蹴《け》り上げると彼女は部屋を出て、コンビニに助けを求めた。

「そいつも結局、捕まったんですけれど、もっと刺されたりしないとたいした罪にならないみたい」

トモヒサはチヒロの日記を盗み読みし、脅迫メールに利用していた。

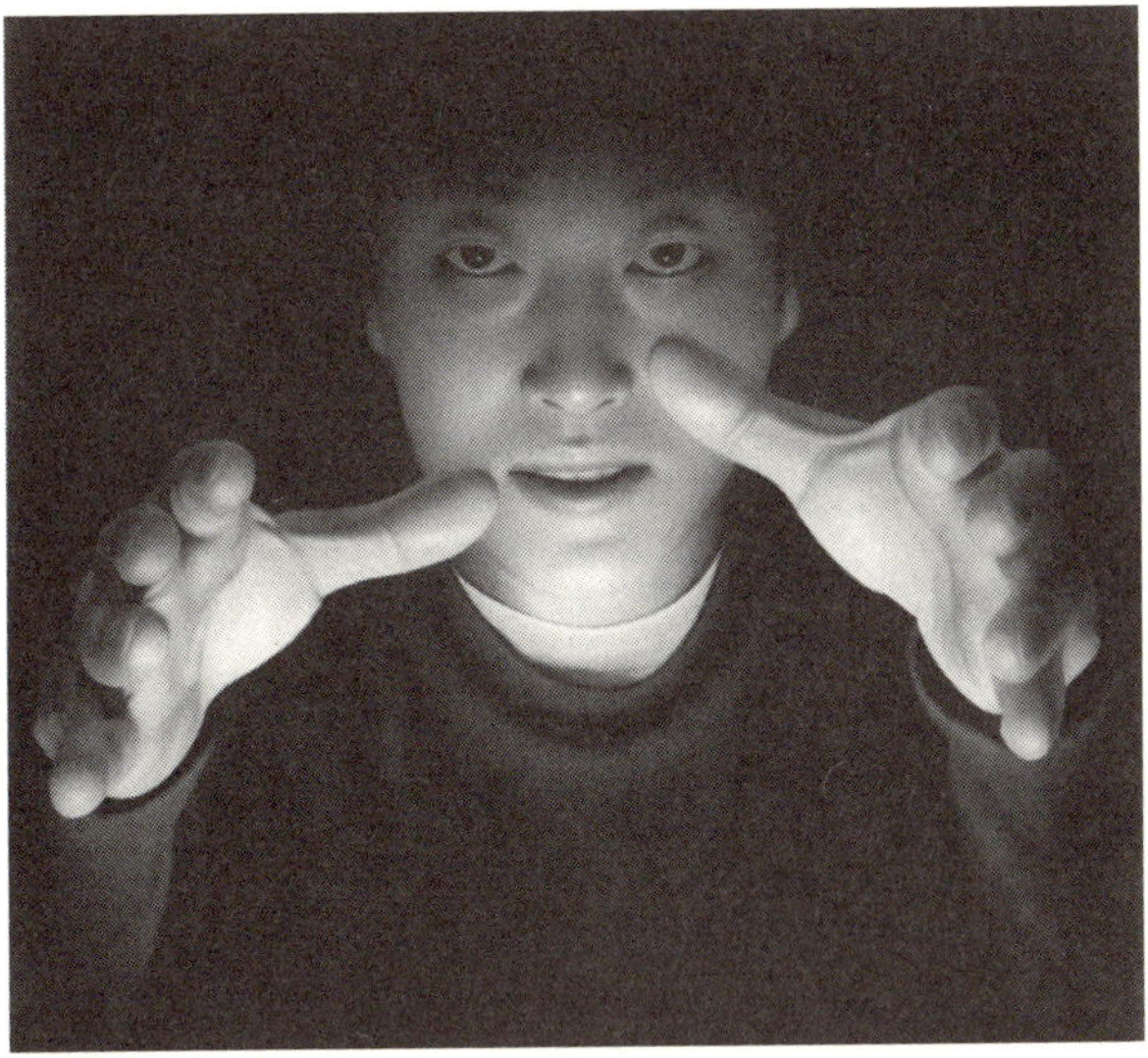

チヒロは近々、実家に戻る。もう東京に戻る気はないという。

夜のバス

「友だちがどうしてもっていうから……つきあったんです」

高杉さんは中学生の頃、友だちの家で文化祭の催しに使う衣装を造ったことがあった。

「彼女とはクラスが別だから私が手伝う必要はなかったんだけど」

もともと手先が器用だった彼女は友だちからこういう頼み事をされることが多かった。

友だちの家を出た時には既に九時を回っていた。

バスに乗ると客は自分だけだった。

「終点の駅までだから……」

一番後ろに座るとマンガを読み始めた。

ふと椅子《いす》が揺れたので顔を上げると男が隣に腰掛けていたという。

「夢中で読んでたから気がつかなかったんだけど……」

男の年齢は三十ぐらい。髪はぼさぼさで、両手を大きめのジャケットに突っこんでいた。

バスには彼女と男のふたりしか乗っていなかった。

「もうマンガなんかいくら集中しても頭にはいんなかった。おかしいでしょう。他に席はいくつも空いてるのに……」

男は顔を上げた。暗い目で彼女をみつめ、視線を外そうとはしなかった。青い顔に棘《とげ》のような無精髭《ぶしょうひげ》が浮いていた。

それでも高杉さんは目をそらすとマンガを読むふりを続けた。

キチキチキチキチキチ……と音がした。男の手にカッターナイフが握られ、刃先が鈍く光っていた。男の太ももと彼女の太ももはすぐ傍にあった。彼女は顔を上げたが運転席は遠く、バックミラーから運転手の様子を窺《うかが》うこともできなかった。

とっさに停車ボタンを押そうかと手を伸ばしかけたが男の睨《にら》む顔を見ると、そんなことをしたらすぐ刺されてしまうだろうと観念した。伸ばしかけた手を下ろすと男は満足そうに、ふふんと溜息《ためいき》のような声を漏らした。

男は刃先を自分の太ももに当てると、彼女の顔を見つめ、そのまま刃を埋めた。

「あんなに入るのかっていうぐらい……ずぶずぶ。よほど強い力でやったんだと思いました」

男の顔が充血し、首の血管が膨らんでいた。生地の裂け目から毛の生えた皮膚《ひふ》が見え、奇妙な赤い割れ目が覗《のぞ》くと血が溢《あふ》れだしてきた。

高杉さんは自分の口から噛《か》み殺したような悲鳴が漏れるのを聞いた。

男は次に顔を削り始めたという。

「本当に削るっていう感じ。ガッ、ゴリゴリって音がするの」

高杉さんは嗚咽《おえつ》を噛み殺しながら耐えた。この人は死にたいんだ。そして一緒に死ぬ人間を捜しているんだ。そんな考えが頭のなかを巡ったという。

男の顔は破れたカーテンのように皮膚が垂れ下がった。

目が合うと男はにやりと笑い。

血塗《ちまみ》れの指で彼女の頬《ほお》に線を引いた。

鉄さびの臭《にお》いがした。

指は頬から顎《あご》にかかり、やがて唇のなかに入ってきた。

臭い水、釘《くぎ》のような味が口の中一杯に広がったという。

男は彼女の舌を長い間、触っていた。血が溶けたチョコのように男の顔から下がっては座席に垂れていった。男はカッターを椅子の陰になっている彼女の胸元に突きつけた。

彼女は必死になって首を振り、許してください、文化祭にでなくちゃいけないんです……と、たどたどしい言葉で告げた。

すると男の指が不意に抜けた。

「ブンカサイ……ブ、ブンカサイ」男はそう呟《つぶや》くと小さく笑った。

そして停車ブザーを押すとふらふらと立ち上がって降りていった。

ブザーには男の指の痕《あと》が残っていた。

高杉さんは男が去ったのがわかると大声で泣き出してしまった。

驚いた運転手からの通報を受けた警察が近隣を捜索したが、男は見つからなかったという。

つきあってはいけない……。

脳内恋人

……つきあってください。

ユキコがそう声をかけられたのは六本木のクラブでのことだった。

「わりとよさげな感じだったんで携帯の番号交換して別れたんです」

翌日、彼から電話があった。

「昨日はありがとう……。なんか帰る途中でも君のことが頭から離れなくて……」

と、かなり熱い言葉が次々と飛び出してきた。

「今まで付き合った人がクールな人が多かったから。その分、新鮮だった」

彼は自分のことをサムジと言った。

「サムジ？　それ、変わってない？」

「でも、自分ではそう言ってた。なんかそれが本当の名前なんだって。なんか宇宙のエキスがつけたらしいよ」

サムジの電話攻勢は日に日に激しさを増していった。

ユキコは出会って一週間足らずで既にどうやって別れるか考えていた。

「だって、いきなり他の男とは話すなとか。バイトを辞めろとか……」

だからちゃんとしたデートはしたことがなかったのだという。

「二回ぐらいかな。デニーズとかでお茶したぐらい」

しかし、サムジにとってユキコはもう魂の女になっていた。

「携帯、拒否ったら手紙がくるようになって」

ピンク地に花柄が刷ってある便せん二十枚から三十枚に延々とサムジは自分の思いを書き連ねていた。

しかし、それもやがて怪しいものに変わっていった。

「初めはどうしてそんなに態度が変わってしまったんだ？　みたいなわりと普通の感じだったんですけれど」

だんだん、〈それがおまえの本心からの行動でないことはわかっている〉〈誰に命令されているんだ〉〈そいつが黒幕なのか〉

というような妄想になっていき、

「しまいには、〈おまえはそいつの肉奴隷なのか。そうなんだな〉みたいな。なんか気味悪い文章になってきたの」

「ニクドレイ……って」

やがて、サムジは〈肉奴隷解放軍を組織したから安心しろ〉と電報を打ってきた。

「その頃から手紙に郵便局の消印がなくなったんですね」

朝、起きるとドアの下に挟まっていることもあったという。

〈いま、すぐ解放してやるからもう少し待っていろ！　がんばれ！　おまえはいまは肉奴隷だが心はマドンナのままだ。俺のハートはもうおまえの玄関先までやってきてブレイク寸前！　この思い届け、おまえにMYドリーム〉

ユキコは自分でもどうして良いのかわからなくなっていた。

サムジの実家や両親のことは何も知らなかった。

警察に行こうと思ったがそれも面倒だったという。

そしてサムジの手紙は続き、読まずにゴミ箱に捨てる日々が暫《しばら》く続いた。

ある時、サムジの手紙が酷《ひど》く汚れているのに気づいた。

爪《つめ》が入っていた。

それも裏に干からびた肉が少しついているものだった。

〈俺が真剣におまえを解放する！　おまえをおまえの全《すべ》てをコントロールしているおまえのなかのおまえではないオマエに対し、ここに宣戦布告する！　旧名ユキコ＝新名アナスターシアを肉奴隷商人ジャッキル一味より解放する会代表　サムジ・アレキサンドラー〉

あまりの電波文で読んでいるうちに耳鳴りがしてきたという。

ユキコは友達に相談した。

友達は絶対、警察に行った方が良いと薦めたが、そんなことをすると余計に興奮しそうだし、警察が守ってくれるかどうか保証されているわけではなかった。

「なんとかしなくちゃ……なんとかしなくちゃとは思ってたんですけれど」

結局、有効な手だてが考えられないままに手紙だけがドアに差し込まれ続けた。

それからも血で汚れた手紙を見つけたが、もう開けて中を確かめる気にもなれなかった。

その日はバイトでくたくたに疲れていたという。

夜中に目が醒《さ》めた。

声が聞こえていた。

「それが私の名前をゆっくり呼んだり……早口で喋《しゃべ》ったりしてるんです。呪文《じゅもん》みたいに……」

ワンルームの彼女の部屋のなかに人がいた。

それはカーペットの上をぐるぐると回っていた。

サムジだった。その途端、自分が窓の鍵《かぎ》をかけ忘れたことに気づいた。

「ユキコ……」

サムジは部屋の豆球だけをつけるとベッドで寝ている彼女の腕を引っ張った。

彼女は顔を強張《こわば》らせたまま起きあがった。

カーペットの上には魔法陣が赤い線で書かれていた。そばには口を開けたまま動かない猫が二匹。首からでた血が魔法陣の線に繋《つな》がっていた。筆の代わりにされたのだった。

「ユキコよ。ユキコのなかでユキコをコントロールしているユキコでないユキコ……」

サムジは手にサバイバルナイフを持っていた。

彼はユキコを魔法陣の真ん中に座らせた。線を踏むと素足に濡《ぬ》れた感触が走った。

「おまえのなかの悪をとりだしてやる」

「なんでこんなことするの……ですか」声が震えていた。

「肉奴隷のおまえを解放して、俺のものにする」

「わたし、奴隷なんかじゃないもの」

「そういう脳みそが既に奴隷だね。どこから見てもおまえは肉奴隷」

サムジは倒れている猫の前足を摑《つか》むとナイフを当て、ぐりぐりと切り始めた。
鳴きはしなかったが、死んでいるとばかり思っていた猫の目が大きく見開かれた。
サムジは切断した猫の足を彼女に持たせた。
そして、残った前足も切断しようとした。
その瞬間、猫が狂ったようにわめき、サムジの手に嚙《か》みついた。
一瞬の隙《すき》をついてユキコは立ち上がると外へ飛び出した。
警察と共に部屋に戻るとサムジはユキコのベッドの上で死んでいた。
サムジが自宅である薬局から毒物を持ち出して飲んだことを後で知らされた。
「あの子、かなり昔ッから親の目を盗んでドラッグを常用していたみたいなんですね」
ユキコは今秋、結婚する。
つきあってはいけない。

チャクラ屋さん

「ねえ、チャクラ開けて貰《もら》わない？　つきあって～」

カエデからそう言われた千夏《ちなつ》は最初、全然乗り気がしなかった。

「だってチャクラとかよくわかんないんだもの」

カエデの話ではチャクラというのは人間の体のなかに存在するエネルギーポイントのことで、特に大きなものが七つあるのだという。

「絶対、開けると人生変わるよ～。予知とか潜在意識とかバンバン変わるんだって～。運とか凄《すご》く良くなるらしいよ。無意識に直接パワーを送ったりできるから、相手が知らず知らずのうちに自分の思い通りの行動を取っていたりするようになるんだって」

千夏は付き合い料として二千円を出すなら一緒に行っても良いと言った。

「カエデは昔っから占いとか風水とか大好きで自分も将来は占い師になろうかな、なんてマジで思ってるようなタイプなんですね」

次の日、金曜日に予約がとれたからとカエデは告げた。

「場所は原宿。竹下通りを抜けて道路渡ってずっと奥の方……」

そろそろ足が疲れてきたなぁと思ったところに【チャクラ屋さん】があった。

外には小さな板に【東洋洗心ラボ】とだけあったという。

「五階建てのマンション。全部そこの団体で使ってるみたいでした」

ふたりは二階の受付で名前を告げると奥へと案内された。鍼灸院《しんきゅう》のインド版といった感じで、壁には人体のツボを表す図や食物連鎖の表などが掲げられていた。

「はい、ここに横になってくださいね」

施療するのは三十代の女性だった。

「服とかも全然、脱ぐ必要が無いんですね。ただ横になって」

すると女性が体の上で手を泳がせるようにし、時折、神経を集中させているように何事かを呟《つぶや》いてはハッハッと宙に息を吐いた。そしてゆっくりと彼女の眉間《みけん》に指を置くとそのまましばらくジッとしていたという。

「眉《まゆ》と眉の間って他人にジッと触られているとちょっと不思議な感じがしません？　なんかむず痒《がゆ》いっていうか、頭蓋骨《ずがいこつ》のなかが蠢《うごめ》くカンジ……」

あっ！　ちょっと気持ちいいなと彼女が感じた時、隅に置いてあった人形が何の予告もなしに倒れたという。

「音に驚いて身を起こそうとしたら……」

眉間に指を置いていた女性が少し驚いたような顔をして彼女を見ていた。

「すごい……。あなたすごいパワーがあるわよ。あなた、雨女じゃない？」

「はい」

確かに千夏は昔っからどこかに出かけようとか部活で試合の日などは必ず雨の降る雨女だった。酷《ひど》い時には彼女が帰った途端に晴れ上がったりもした。

「ほんと、雨女なんです」

「ふ〜ん。やっぱり陰の気ね」女性は確かにそんな風に言った。

「ねえ時給一万円になるバイトがあるんだけど」

不意にそんなことを言われた。

「絶対、ヤバイと思ったんですけれど」

女性は風俗とかでは絶対にないと請け合った。要は内職のようなものだと……。

「一日何時間でもやって良いし、都合の良い時にしてくれても良いから……」

説明だけでも受けてという女性の言葉にふたりは頷《うなず》いた。

連れて行かれたのは四階の一室だった。

「そこは下よりも、もっと世間離れしたカンジでしたね。なんか香とか焚《た》いてあって……。照明も赤や緑で。見たこともないような木彫りの人形やきらきら光る石なんかがあっちこっちに置いてありました」

ふたりは先生と呼ばれる五十代の男を紹介された。

男は彼女たちのバイトが、決まった時間、座って精神統一をしてくれるだけで良いこと。それだけだと告げた。別に何かを売ったり、勧誘する必要も接客もない。ただ道場と言われている五階の広間で仲間と一緒に精神統一してくれれば、それだけで時給一万円なのだと説明された。

「但《ただ》し、このバイトのことは人に話して貰《もら》いたくない。それだけは約束してください。辞めた後でも絶対に話さないで。それによって迷惑する人が大勢いますから」

男はそういうとふたりの前に今日の分だと二万円出した。

ふたりはチラッと互いの顔を見合わせた後でそれを受け取り、いろいろな難しい言葉の後で「他言しません」と印刷された書類にサインした。

「それから白い行者さんのような服に着替えると五階に連れて行かれました」

そこは五十畳ぐらいの大広間で三十人ほどの人がいた。

「座っているのは全員が同じ白い服を着た女性でした」

女達は畳一畳にひとりの割合で正座していた。咳払《せきばら》いひとつ聞こえないが何かただならぬ気配が充満していたという。そしてその周りを禅で使う棒のようなものをもって修行僧のような坊主頭の男が見回っていた。

案内の者が彼女たちのことを坊主のひとりに伝えると、彼はふたりに空いている畳を差して座って待つように告げた。

「これを良く読んで」

男は【はじめに】と題された紙を出した。

「そこにはジュメッは奥義ですって書かれていました」

姿勢、呼吸の仕方などが図解され、決して声を出してはならず一心不乱に精進せよとくくられていた。その後、男から低い声で手短に説明された。

「この写真の男を呪《のろ》ってください」

男はそういってモノクロ写真の入った週刊誌ほどの額を渡してきた。

「呪う？」

「ええ、心のなかで一心不乱に姿勢を保ちつつ。無言で」

「言葉は何でも構いません。頭のなかで精一杯呪い続けてください」

バカみたいだと思ったが今更、帰るわけにもいかなかった。第一お金は貰ってしまっているのだ。

ふたりは座ると呪い始めた。

「見ると周りの人もみんな同じ写真を持っていたんですよね」

髪型も年齢も様々だが居並ぶ女達はみな写真を凝視したまま座り続けていた。

すると肩がぽんぽんと叩《たた》かれた。顔を上げると坊主頭がいた。

「集中して……」彼は拝むように頭を下げた。

千夏も無意識のうちにそれを真似《まね》すると肩をパシッと叩かれた。

「つっ！」痛みは無かったが叩かれたことに驚いた。

見ると他にも叩かれている人がいた。

「要はちゃんと集中していないということらしいんですね」

一時間が経《た》つとふたりは解放された。

「家に着くと疲れがドッと出てしまって」

あっと言う間に寝てしまったという。

「カエデはその日だけで辞めてしまったけど、私は続けてた」

やはり動機はお金の良さだったが、日頃のむしゃくしゃした思いを必死になって写真の相手にぶつけている快感に目覚めたのだという。

「なにか気持ちの底のほうで楽になる……」

たまに写真は入れ替えられた。

そういう時には【御報謝《ごほうしゃ》】と書かれたお年玉袋が配られるという。なかには一万円か多い時には三万円が入れられていたという。理由は特に説明されなかったし、会員同士は会話はおろか電話番号のやりとりも厳に禁じられていた。

「半年ぐらいで五人ぐらい写真が変わったかな」

ある時、ニュースに写真の男が映っていた。ある財界人で、持病の悪化で急死したとのことだった。バイトに行くと【御報謝】が出ていた。

ある日、母親が素《す》っ頓狂《とんきょう》な声を上げた。

「あらやだ。あんた疲れてるんじゃない」

頭にハゲができていた。初めてだった。

「それにすごく歯が悪くなって……」

歯は健康だったのに一気に十本以上が駄目になっていたという。

日々、何かに吸い取られているという感じがしていた。

結局、千夏はバイトを辞めることにした。

「素質があるし、もっと上のクラスを狙《ねら》えるってすごく言われたんですけれど……」

上のクラス……それも不気味だった。

結局、他言無用をきつく誓わされ、彼女はバイトと縁を切ることができた。

あれから四年が経《た》ち、一人暮らしを始めてから三回引っ越しをした。

あのバイトのことは親にも話してはいない。

今でも新しい転居先にはお金の入った【御報謝】と書かれた袋がポストに投げ込まれてくるという。

つきあってはいけない。

シェアの女

「つきあってくださいな……」

真弓がコンビニに買い物に行くというので弘子さんは、うんと頷《うなず》いた。

「彼女は私がネットの掲示板に載せたシェア仲間募集のメッセージを見てきたんです」

静かな相手が欲しかった彼女にはうってつけの人だったという。

「押しつけがましくないし……。陰気っていえば陰気なんだけど」

大学時代体育会の寮生活でずうずうしい先輩に悩まされた彼女は、少しぐらい陰気でも物静かな人と暮らしたかった。シェアを思いついたのは、ひとりで都心で暮らすほど給料は良くなかったし、貯金もしておきたかったのが理由だった。

「私、ストーカーにつきまとわれているんだ……」

真弓がそんな話をしてきたのはシェア生活が始まって二ヶ月ほど経《た》った頃だったという。

確かに彼女の部屋には頻繁に無言電話がかかってきていた。

「相手は高校時代の同級生だって言うんですけれど……結構、悪質みたいで」

住所を転々としていても必ず見つけ出してくるのだという。

「もう引っ越し費用も馬鹿にならないし、貯金も厳しくなってしまったから」

ストーカーと聞いてゾッとしたが、真弓の話では彼女以外の人には全く興味を示さないのだという。

「彼女ストーカーの写真ももっていて」

すごいイケメンだったという。

「モデルか芸能人みたいな彼」

顔は良くても頭は完全に壊れているの……彼はすごいS。サディストなのよ。

真弓はそういうと腕を捲《まく》った。

そこには火傷《やけど》の痕《あと》がおびただしくついていたという。

「付き合っていた頃にされたの。自分のものだっていう証拠にするんだって……」

弘子さんは背筋が寒くなるのを押さえることができなかったという。

「そのうちに留守電にも声が入るようになって……」

ぐぇぇぇぇっと喉《のど》を絞りあげるような音が響く。

真弓がいない時などにそんな声が部屋の向こうから漏れてくると本当に怖かったと弘子

さんは言う。

「他にも剃刀《かみそり》の入った手紙とか……死体の写真に彼女の顔が貼《は》ってあるものとか」

証拠になりそうなものはいくつもあったのだが、真弓は警察に連絡しようとはしなかった。

「昔、一度警察に行ったけど、全然、役に立たなくて」

逆に相手を錯乱させることになって、その場に住むことができなくなってしまったのだという。

「もう本当にお金もないし……。ここに居たいの」

真弓は涙ぐんだ。


ごとんと音がしたという。

その時、弘子さんひとりが部屋に居た。

「怖くなったけど確かめなくっちゃと思って……」

彼女はドアスコープから外を見た。

男がドアの向こうでドアポストを屈《かが》んでめくっていた。

思わず悲鳴をあげると男はドアからパッと離れて走り去っていったという。

「ドアには何もされていなかったけど……」

確かにあの写真の男だったという。

「絶対に警察に連絡した方がいい。ここもバレてるよ」

真弓にそう忠告したが、彼女の態度は煮え切らなかった。心底、怯《おび》えきっているようで涙をぼろぼろと流しては怖い……怖い……と繰り返した。

「大丈夫だよ」

「でも……でも……。やっぱり、怖いもの……」

真弓はいつまでも泣きじゃくるばかりだったという。


ある夜、弘子さんが帰ってくると集合ポストの脇にあのストーカーが物陰に隠れながら立っていたという。

「ハッて気が付いた時にはすぐそばにいて……」

彼女が触ったポストの部屋番号を確認したようだった。

「とっさにエレベーターが開いて、人が降りてきたので乗り込んだのね」

一瞬の隙《すき》を突いたおかげでストーカーは追ってこなかった。

彼女が注意するように連絡すると、真弓は不安からか電話口でストーカーは何か言わなかったか、弘子さんに何か渡さなかったかなどと細かいことを根ほり葉ほり聞き出した。

「何か貰《もら》ったら絶対に開けないで。とてもとてもそれは危険なの」

真弓は念を押した。

数日後、弘子さんが帰宅すると真弓の部屋のなかが荒らされていた。

ちょっとした隙にストーカーに入られたのだという。

「裏のコンビニに買い物に行くあいだだけ鍵《かぎ》を掛け忘れていたの」

ごめんなさいと真弓は泣いた。

幸いなことに弘子さんの部屋に実害はなかった。

しかし、やはり警察にこれこそ言うべきだと弘子さんは主張した。

真弓は首を縦に振らなかった。

二日後、真弓は半狂乱になって部屋に飛び込んできた。

見ると首には絞められたような痕があった。

「それでも警察には言わないっていうから、何か絶対に理由があるなと思い始めたんです」

「こんばんは」

ある夜、不意に声をかけられ振り向くとストーカー男が立っていた。

恐怖に声も出せずにいると男は「やっぱり」と苦笑した。

「やっぱり？」

「ストーカーだって言うんでしょう。僕のこと」

「？？」

「逆です。実は僕が被害者なんだ」

弘子さんは男の言っている意味が即座に飲み込めなかった。

男は彼女の興奮が納まるのを待ち、「人がいたほうが安心でしょう？」と近くのファミレスに誘った。

「彼女、僕の妻の同級生なんです」

男は口を開いた。よく見ると疲れ切っているようにも見えた。

「彼の話では、真弓が延々とストーカー行為を続けているということでした」

決定的なのは彼女の書いた手紙とビデオだった。

家庭用ビデオで撮られたそれをカメラに入れて男は見せてくれた。

真弓が家の玄関らしきところにゴミを投げ捨て、それを注意しようとした女性と喧嘩《けんか》になっているところだった。

「こぉろしてやるるる！　おまえらみなごろしに！」

真弓の声でそう叫んでいた。

「彼女は捕まったんですけれど、精神の病があるということで入院が条件で不起訴になったんです。そして去年、退院してからまた始まったんです」

男は新居なので引っ越しすることもできず、連日続く嫌がらせに家族はへとへとになっていると語った。

「あなたから何とか説得してもらえないでしょうか」

男の目にはうっすらと涙が浮かんでいた。家庭を守ろうとして果たせぬ自分にくやしさを感じているようにも見えたという。

「でも、首を絞められたって」

男は乾いた笑い声を立てた。

「あれはいつもの手なんです。またやってるんだな。痕を見てください。親指、つまり長い筋が下にありますよ。あれは他人が絞めたら上につくはずだ」

男はそう言って自分で自分の首を絞める格好をした。確かにその場合、親指が作る絞め痕は首の根本になる。

その夜、弘子の話を最初は懸命に否定していた真弓だったが、ビデオカメラを見たと話した途端、泣き出した。

「あれはあいつに命じられたのよ！」

真弓はそれしか繰り返そうとはしなかった。

弘子は泣いている彼女の首の痕が自分で絞めたものであることを確認していた。

泣くだけの真弓ではらちが開かず、弘子さんは自分たちで解決してとだけ告げて自室に戻った。

……ガリンガリンという音で目が覚めた。

誰かがベッドのパイプを叩《たた》いていた。

白い服の女がベッドの脇に立っている。

真弓だった。

目玉だけが髪の隙間《すきま》からギロリと覗《のぞ》いていた。

真弓は手にした包丁をパイプにガチンガチンと叩《たた》き付けていた。

見ると刃がボロボロに欠けていた。

「……おまえぇ～。なんで自分だけ良い子ぶってんだよ。なんで自分だけ幸せなんだよ～」

弘子さんが目覚めたのに気づくと真弓は地の底から響くような声でそう唸《うな》った。

「おまえ、あいつとヤッたんだろう」

そう叫ぶと真弓は包丁を振り上げた。

弘子さんは空手部時代の蹴《け》りを腹にぶち込んだ。

真弓は部屋の隅に倒れ込むとゲラゲラ笑いながら立ち上がったという。

弘子さんは猛然とダッシュして部屋から脱出した。

「結局、また病院送りになったそうです」

彼女は部屋を引き払い、今は小さなワンルームに暮らしている。

つきあってはいけない。

「つきあってくれない」

と、先に声をかけたのはユウのほうだった。

「渋谷のクラブだったんだけど、踊るっていうか人の波のなかにただ浮かんでいるような不思議な存在感だったのがすごく目について……」

初めは一緒にきた友だちと踊っていたのだが、そのうちに彼から目が離せなくなっていたのだという。

「ねえ、あの人、よくない?」

友だちに尋ねてみると浮かない顔をした。

「えー、なんかボーッとしててトンでんじゃないの。ヤバイよ。ああいうタイプは」

そうかなぁ……と友だちに合わせる振りをしながらもやっぱり気になって仕方がなかった。もともとユウはあまり〈男っぽい〉人が苦手だった。

「うちの父がわりと頑固なほうだったせいかもしれないけれど……。なんか自分についてこい！　みたいなタイプやすごい自己主張の激しいタイプっていうのは苦手だった。どっちかっていうと何を考えているんだかわかんないような……ボーッとしたタイプのほうが気軽に話ができるぶん楽だった。もちろん、ボーッとしてるばっかじゃ頭にくるけど」

　気がつくと友だちはテーブルに近寄ってきた見知らぬ男と良い感じになっていた。

　ユウはホールの真ん中で体を揺らしている彼のもとへと近寄った。

「しばらく見てたけど友だちと来てるんですか？」

　彼は話しかけてもただぼんやりとしているだけだった。

「まるで自分に話しかけるやつなんかいるはずないみたいな感じで……」

　ただ静かに体を音楽に合わせ揺らしているだけだった。

「ねえ」

　ユウが腕に触れると一瞬、ビクッと感電したように震え、あぁと小さく呻《うめ》いた。

「ひとり？　あなたひとりなの？」

「そうかもしれない……どうかな……難しいな」

　彼は子供のような不安な表情を見せると彼女に向かって微笑《ほほえ》んだ。

　それに惚《ほ》れてしまった。

彼女は彼をテーブルに座らせると話をすることにした。

「名前はキドって言ってた。それだけね。後はどこに住んでるとか、何をしているとか、誰と来たのかとか……そういうことは聞いても答えなかった」

普通ならかなりチグハグで盛り上がらない出逢《であ》いだと思うが、ユウは大満足だった。

「だってリモコンみたいなんだもん」

彼はドリンクでも食べ物でもユウが言ったものを、食べていたという。

そのうちにユウは彼が大きな自分のペットのように感じてきたという。

「だから結構、大胆になったのね」

彼は男なら誰でもする〈主張〉をしなかった。

何をするにしても「うんうん」「そうかな、そうだね」とユウの言いなりになった。

「ホテル行くよ」

そう彼に耳打ちした時も彼はあっさり「うん」と頷《うなず》いた。

外に出てから腕を組みにいったのもユウだった。

彼らは適当なホテルを見つけると部屋に入った。

キドは部屋に入ってもベッドに座ったままだった。

「ねえ」

一緒に並んで腰掛けたユウが彼の顔に触れようとした、その瞬間、バシッと強く手を叩《たた》かれたという。

「さわるな！」

今までボーッとしていた顔に突然、力が充満していた。

「なによ……触るなって」

驚いたユウが聞き返すと彼は無言でテレビを見つめ、自分のバッグのなかからポテトチップスを取り出して食べ始めたという。

「頭はいけないんだ……頭は。頭は絶対にいけないんだ。それが約束なんだ……」

パリパリと音をたてながらキドはそう繰り返した。

「帰ろうかなって思ったんだけど、もう終電ないし……」

ユウはひとりでシャワーを浴びた。出てもキドはひたすらテレビを見てポテトチップスを食い散らかしているだけだった。

催眠術から覚めるように急にユウはキドのことが馬鹿らしくなったという。

「始発が動いたら、こんな奴、放《ほう》っておいて帰ろう」

ユウは服を着るとそのままでベッドに潜り込んだ。

「あたし、先、寝るね。おやすみ」

テレビの明かりでシルエットになったキドがそう呟《つぶや》いた。

「おやすみなさい」

深夜、ふと目が覚めるとテレビがつけっぱなしだった。

横を見るとキドが寝ていた。

ベッドサイドの明かりを照らして顔を見直すと、やはりハンサムだった。

「もったいないな……こんなにいい男なのに。壊れてて……」

長い髪の間から白い頬《ほお》が映えていた。

細い眉《まゆ》から唇に触れた。

キドは起きる気配を見せなかった。

〈頭は駄目なんだ……〉

その時、ふとキドの言葉が蘇《よみがえ》った。

ユウは髪のなかに指を入れた。

すると硬い糸のようなものに触れたという。

「ほら、パーティークラッカーとかあるでしょ。あれの糸みたいな感じ」

〈なんだろう……〉

好奇心に駆られたユウはそれを引いてみた。

それは何かに擦られながらズリズリと出てきたという。

十センチほど伸ばしたところで糸を見ようと彼の髪を掻《か》き分けると……。

醜い縫い目が頭をぐるりと取り巻いていた。

「そして糸の途中から色がついていて……」

キドが寝ている枕《まくら》には水が滲《にじ》みだしていたという。

「なんかホオズキの色の水だった……なんかヤバいかなぁと思いながら」

ユウはなおも糸を引き続けた。

ずるずるずるずると糸はキドの頭のなかから出てきたという。

「やめようと思ったんだけど……あたし、耳掻きとかでも徹底的にやらないとだめなのね」

糸にはもろもろした組織片が付着し、遂に水が赤くなり始めたという。

「うわ！　これマジやばい！　血じゃないの！」

と思った途端、下から首を絞められた。

キドが血走った目で彼女を睨《にら》みつけていたという。

「ぎぎぎぎぎぎぎぎぎぎぎぎぎぎぎぎぎぎ……」

木と木とを擦り付けるような音がキドの唇から漏れた。

喉《のど》の中で軋《きし》むような音と激痛が走り、ユウは指が喰《く》い込んでいくのを感じていた。手足が痺《しび》れ、周囲が暗くなっていった。

こわいこわいこわい……。

ユウは意識が遠くなる寸前、手にしていた糸を思い切り引きちぎった。

「げはぁ！」

キドは彼女を思い切り突き飛ばすと床で転げ回ったという。

ユウは荷物だけを摑《つか》むと部屋から飛び出した。

それきりキドのことは忘れていたし、渋谷に出かけることも無くなった。

「三年ぐらいしてかな……。友だちとコンパの帰りに別れてひとりでCD探しに……」

渋谷にいた。買い物を済ませたのが終電間際、スクランブル交差点の人混みに近づいた時、スカートの裾《すそ》がぐいと摑まれた。

彼女の傍にぴたりと車椅子《くるまいす》が停《と》まっていた。頭を包帯で巻いた男が座ったまま睨みつけていた。キドだった。多少、ふっくらしていたが確かだった。

「いたいた。やっといた。ママぁ〜。こいつだよ。僕を歩けなくしたの」

それと同時に車椅子を押していた太った女がバッグから包丁を取り出すのが見えた。

ユウは男の手を振り払うと狂ったように駆け出した。

その後、どうやって自宅に戻ってきたのか記憶がごちゃごちゃになっていた。

部屋に駆け込むと恐ろしさで震えが停まらなかったことだけは憶《おぼ》えている。

翌日、お気に入りのブランド物のワンピースの背がざっくりと裂けているのに気がついた。

あれから渋谷には近づかない。

つきあってはいけない。

食事会

「つきあって欲しいんだ……」

一也からそう切り出された時、美穂は今までにない厭《いや》な感じがした。

「切羽詰まってる感じだったの、いつもの一也とは似ても似つかない……」

いったいどうしたのと聞くと一也は涙ながらに元カノのことを話し出した。

「なんでもその子とは去年ぐらいに切れたらしいんですけれど」

一度だけ抱いてくれたらきれいさっぱり忘れるっていう話だったから……抱いてしまったのだという。

「今だったら完全その時にキレてバイバイって感じだったけど、その頃はまだ付き合い始めだったから。すごくふたりとも燃えてて。私も……ああ、男の人ってそういうところあるかもなぁとか、頭の中で、ちょっと信じらんないようなかばいかたしてたのね」

元カノはそれからもしつこく彼に連絡を取ってきているのだという。

「もうキレたなら関係ないジャン。無視すれば」

「ガキができたっていうんだよ」

彼がポツリと言った。

「俺、あのとき、ちょっと酔ってたし、ゴムしなかった……ゴメン」

「でも、本当に一也の子かどうか確かめた方が良いよ」

「俺もそう思うんだけど、あいつの性格からして、俺に気が行ってる最中、他の男に抱かれるってことはないと思うんだ。ケッコー確率高いと思う」

「で、何て言ってるの。産むって?」

「そこまでは決めてないって。ただ、俺らと飯が食えれば堕《お》ろすって……」

「飯?　食うって……??」


一週間後、美穂は一也と共に元カノの住むマンションにいた。

「てっきり、どっかの店かと思ってたら……彼女の部屋だった」

美穂と一也は一週間のあいだにいろいろと話し合った。

そして実は一也が美穂の知らないところで何度もストーカーのように付きまとってくる元カノと話し合いを重ねていたことも知った。

「陰でコソコソやられていたみたいでムカついたけど、でも、私を傷つけたくなかったって……。すごい反省してる感じだったから」

絶対にもうしないという約束の上で忘れることにしたのだという。

ドアを開けると白いワンピースを着た髪を腰の辺りまで垂らした女が顔を覗《のぞ》かせた。

「いらっしゃい」

二十代後半に見えるその女は、とってつけたような顔で美穂に笑いかけた。

「なんか田舎でピアノの先生をやってたんだけど歌手になるために出てきたんだって」

女は一也に抱きつくとキスしようとして、彼に押し戻された。

「あ、そうよね。今はできないわよね」

「そういうことすんなよ」

「あがってあがって」

一也の言葉を無視して女はふたりを中に招き入れた。

部屋のなかには派手な飾り付けと共に一也との写真が所狭しとベタベタ貼《は》り付けてあった。美穂は場違いなバースデーパーティーに足を踏み入れてしまったような気がした。

「それにすごく臭い。部屋のなかはキチンと片づいてるのに何か大豆とか肉を生ゆでしてるような厭な臭《にお》いがするんです」

テーブルには三人分の食器とバラを生けた花瓶、マッシュポテトの詰まったサラダボール、ケチャップなしのオムレツがあった。

臭いはいつまでも慣れることがなかった。

女は美穂が自分の親友でもあるかのように、当たり障りのないテレビや歌手の話を振ってきた。美穂は適当に返していた。

「これなんの臭いだよ」

「あ、これは愛の香りよ」

女はウィンクを返してきた。

「そのうちにちょっと新鮮な空気が吸いたくなったから……」

美穂は立ち上がるとトイレに行った。

「ちょっと待って」

ドアを開けようとした美穂は元カノに呼び止められた。

「一応、確認ね」

女は白いプラスチックの棒を見せるとトイレに先に入った。

そしてすぐに出てくると「はい」とそれを美穂の手に渡した。

中央部分の窓に青い線が浮かんでいた。

「妊娠ね。してるでしょう」

美穂はそれが尿を掛けたものだと知って相手に放《ほう》り投げた。

「あんたなんか駄目よ」

床に落ちた検査キットを笑いながら見つめていた女が突然、ゾッとするような目つきをしてダイニングへと戻っていった。

「凄《すご》い顔。壊れた人形みたいな感じ。バタンッて表情が変わるんだもの……」

狂ってると思ったという。

トイレのなかにもふたりのプリクラがびっしりと貼られていた。

「ナプキンとか立てるケースにもベッタリ貼られていて……」

気持ちが悪かった。それにプリクラのなかにいる一也が楽しそうに笑っているのもムカついた。何枚か爪《つめ》で剝《は》がすとその下から元の壁紙が出てきた。

〈さびしいさびしいさびしいよ……にくいにくい……ころすころす……おんなころすおんなころすみんなころすおんなだけをころす……えぐるえぐるしきゅーをえぐる……かずやにもたべさせる……ころすころす……にくいさびしいにくいさびしい……〉

言葉の間には蜘蛛《くも》や毛虫、蛙《かえる》の絵が描かれていた。それと意味のわからない数字の列がうずまきになっていた。

ダイニングに戻ると一也が元カノに約束させていた。

「これで良いんだよな……これでもう別れるんだよな」

「そうよ……子供も要らないし……ひとりで死んでもいいわ……その代わり私の手料理をたくさん食べてくれなきゃ……」女はそこまで言うと振り返った。笑っていなかった。手には包丁があった。「産むわよ」

一也は懲り懲りだというように溜息《ためいき》をつき、首を振った。

「はい。用意完了。食べましょう」

テーブルには冷えたオムレツらしきものと汚い器に入ったポテトサラダ。そこへ女が炊飯器から茶碗《ちゃわん》に山盛りになった飯をふたりの前にそれぞれ置いた。

「お祝いだから……赤飯にしたの」

女は笑って座ると箸《はし》を取った。

異様な飯だった。

「その時、部屋の臭いの元がこれだったとわかったのね。ご飯はご飯なんだけど、べちゃべちゃ斑《まだら》に赤いものが固まっていて。ゼリー状にくちゃくちゃしていたの……。すごい臭いがした」

一也は固まっていた。

「いただきま〜す」女は喉《のど》まで覗けるような大きな口を開くとぱくりと赤飯を口に入れた。

「ぐっ。うまい。これ、うまいかも」女はきゃははははと笑った。歯が真っ赤になっていた。

「早く食べなよ。食事会になんないじゃん」

一也は美穂をチラッと見ると茶碗をもって飯に鼻を近づけた。

「これ普通の赤飯じゃないな……」

「そうよ。世界にひとつだけ。私しか作れないわよ……。早く食べなさいよ。産むわよ！」

一也が塊を取って口に入れた。一瞬、むせたが、もぐもぐと口を動かした。

「あなたもどうぞ……。参加して食事会……。そのために来たんでしょう」

「でも、これなんなの。この赤飯……この赤いの」

「血よ」女は蛇腹になった手首の切り傷を見せた。「血。私の血。別れても私は一也の一部になるの。それしかないもの」

一也は箸を停《と》めたが女に睨《にら》まれると再び、食べ続けた。

「産むよ！　産んだら。おしまいだよ」

「こんなの食べられないよ」

「ほら！　この女はこんなものなんだ。自分の好きな男が食ってるのに……私は食べるよ」

女は生々しいかさぶたの残る手首の傷を爪でばりばりと掻《か》き壊すと滴る血をオムレツの上にかけ、それを箸ですくって口に運んだ。「ほんとは生理の血だと楽なんだけど、こればっかりはそうはいかないから……」女は腹を撫《な》でた。

「本当に堕ろすんだろうな」

「ああ、堕ろすよ」

「ほんとだな」

「ああ、でもこの女がこんなじゃ駄目だけどね」

すると一也が美穂の茶碗を箸で叩いた。

「おい。美穂、がんばろうよ。がんばって、おろして貰《もら》おうよ。頼むよ」

一也は再び、ほおばった。口中が真っ赤でクチュクチュだった。

美穂は赤飯を箸で取ると口元にもっていった。

「だめだ！　食えないよ！」

「なんでだよ！　俺が食ってるんだぞ！」

一也は立ち上がると美穂の箸をもつ手を摑《つか》んで口に付けた。古いトイレの臭いがした。

「やだよ！」美穂が茶碗を放り出すと女の目が吊《つ》り上がった。

「おまえぇぇぇぇ」女は台所に駆け寄ると包丁を手にした。

美穂は一也の手を振り解《ほど》くとそのまま玄関から逃げ出した。

「それからずっと携帯とか無視してたんだよね……」

するとある日、美穂の部屋のドアノブにレジ袋が下がっていた。

〈この前は悪かった。でも、もう時間もないからやっぱおまえに頑張って貰うしかない。この際好きとか嫌いとか関係なしに俺のために頑張ってくれ。初めから大きいのは無理だろうから、これから始めてみな〉

袋のなかにはサランラップに包まれた小さな赤いおにぎりが入っていた。

〈俺の血だから、あいつのじゃないから安心して/(^_^)〉

美穂は翌週、引っ越しをした。

つきあってはいけない。

ハルキ・ホラー文庫 H-ひ 1-7

つきあってはいけない

著者 平山夢明《ひらやまゆめあき》

2004年7月18日第一刷発行
2007年7月8日第三刷発行

発行者 大杉明彦

発行所 株式会社角川春樹事務所
〒101-0051東京都千代田区神田神保町3-27 二葉第1ビル

電話 03(3263)5247[編集] 03(3263)5881[営業]

印刷・製本 中央精版印刷株式会社

フォーマット・デザイン 芦澤泰偉+野津明子
シンボルマーク 西口司郎

ISBN4-7584-3118-3 C0193

http://www.kadokawaharuki.co.jp/[営業]
fanmail@kadokawaharuki.co.jp[編集]
ご意見・ご感想をお寄せください。